Para comprender

la

BIPOLARIDAD

el trastorno de las emociones

Para comprender

la

BIPOLARIDAD

el trastorno de las emociones

Roberto Mares

Grupo Editorial Tomo S.A. de C.V.,
Nicolás San Juan 1043,
03100, México, D.F.

1a. edición, abril 2012.

© *Para comprender la bipolaridad*
   Roberto Mares

© 2012, Grupo Editorial Tomo, S.A. de C.V.
   Nicolás San Juan 1043, Col. Del Valle. 03100, México, D.F.
   Tels. 5575-6615 • 5575-8701 y 5575-0186
   Fax. 5575-6695
   http://www.grupotomo.com.mx
   ISBN-13: 978-607-415-371-2
   Miembro de la Cámara Nacional
   de la Industria Editorial No. 2961

Diseño de portada: Karla Silva
Formación tipográfica: Francisco Miguel M.
Supervisor de producción: Leonardo Figueroa

Impreso en México - *Printed in Mexico*

Contenido

6

Introducción

La enfermedad afectiva bipolar se ha tipificado como un trastorno del "estado de ánimo", y se caracteriza por el hecho de que la persona presenta una afección en los mecanismos reguladores de sus emociones, oscilando de manera desmedida entre dos "polos" de su experiencia emocional, siendo uno de esos polos un estado de ánimo exaltado, ansioso, eufórico, marcado por una gran actividad, al que se llama *manía*, para saltar a otro polo, que es la *depresión*, caracterizado por sensaciones y sentimientos de abatimiento, cansancio, desolación; además de una baja muy significativa en la energía vital, con lo que se llega a un estado de apatía e incluso postración.

Atendiendo a las características de los estados de ánimo que se producen en esta oscilación, anteriormente se le llamaba "Trastorno maníaco-depresivo", lo que resultaba bastante

8

explícito, pues alude a lo que siente una persona al instalarse temporalmente en uno u otro estado de su ánimo, además de que refiere lo que los demás pueden observar de su conducta; es decir, la persona *se ve* excesivamente "alegre" o excesivamente "triste", para decirlo en dos palabras.

La tristeza es una emoción natural, la *depresión* es una forma patológica de esa emoción. La alegría es natural, la *manía* es su forma enfermiza. El estado maníaco es tan sufriente como el depresivo; la alteración maníaca dificulta el descanso, la concentración, la realización de proyectos... la mente asume la peligrosidad de este estado y reacciona generando una tendencia al sosiego y la quietud, que, en el caso de una persona que oscila de un extremo a otro, en vez de tranquilidad y equilibrio, encuentra esa condición de profundo abatimiento que llamamos "depresión".

Actualmente se le llama "Trastorno bipolar" a la condición enfermiza de una persona que, involuntariamente, pasa de un tono emocional muy alto a otro muy bajo, aludiendo a los dos extremos (polos) de una misma experiencia que, en forma sencilla, podríamos llamar "humor". La Organización Mundial de la Salud lo define como "un trastorno afectivo", es decir, un desorden de los afectos, con lo que se reconoce que no es algo tan simple como pasar del polo de la euforia al del abatimiento, sino que el oscilar del humor conlleva, se relaciona o "arrastra", otra clase de experiencias afectivas que no necesariamente se identifican con la dicotomía básica tristeza-alegría.

Sin embargo, por motivos de identificación y diagnóstico, se ha elaborado un modelo básico de reconocimiento y tratamiento de esta afección, sobre la base de la manera como se origina y manifiesta; es decir, como una alternancia del ánimo desde una "cima", hasta una "sima": desde lo más alto hasta lo más bajo de la vitalidad y el humor.

En realidad, el cambio de nombre de este trastorno no es muy afortunado, pues "bipolar" dice menos y es más generalizador que "maníaco-depresivo"; al parecer, esta nueva nomenclatura tiene su origen en el deseo de reducir el impacto de una interpretación popular inquietante y dramática, pues los términos de origen griego "manía" y "maníaco", han llegado a adquirir en varios idiomas, y en especial en español, connotaciones que llevan a las ideas de "furor perverso" u "obsesión malsana", por lo que un diagnóstico que contuviera este término, y además asociado a la depresión, da la idea de que la persona es algo así como el doctor Jekyll y míster Hyde alternativamente, lo que pudiera marcar al paciente con un estigma social en verdad indeseable.

Por su parte, el término "bipolar", siendo más suave, se presta a la ambigüedad, y por tanto limita la comprensión del fenómeno, pues pudiera aplicarse a cualquier oscilación extremosa en el carácter de una persona; lo que

sucede realmente, pues es común que se califi-
que a un conocido como "bipolar" cuando se
le atribuyen cambios radicales en campos de la
conducta de índole distinta al del humor, como
opinión, gusto, comportamiento o manifes-
tación de afecto. En realidad no sería erróneo
llamar bipolar a una persona extremadamente
voluble, que hoy opina una cosa y mañana otra,
o que hoy ama profundamente y mañana odia
con gran encono; podemos dar "bandazos" de
un polo a otro en todas las áreas de nuestra
vida; pero en términos clínicos, desde la psiquiatría y psicología, sólo es bipolar aquél que
oscila *de manera patológica* entre los extremos de
su ánimo, entendido éste como el territorio
de la vitalidad-humor.

Un efecto curioso de la multiplicidad de
ideas que genera el término actual es que el
trastorno bipolar se ha prestigiado socialmente,
convirtiéndose en una enfermedad de moda, o
de "buen gusto", como lo fue en tiempos del
romanticismo la depresión; asociada con la me-

lancolía poética, o la anorexia-bulimia a finales
del siglo veinte, que da la imagen de una esbel-
tez etérea o una belleza de pasarela. Al parecer, la bipolaridad se asocia con la creatividad
y la exaltación de las pasiones, dando la idea
de que se trata de personas "intensas", como
se dice ahora, y eso despierta imágenes llenas
de un romanticismo atroz, como de Van Gogh
cortándose una oreja, o Goya en medio de la
noche, con su sombrero lleno de velas encendi-
das, pintando sus "caprichos".

La finalidad de este libro es dar un panorama
claro y objetivo de la bipolaridad, en un estilo
que pretende ser didáctico, pues está diseña-
do como un manual de divulgación que puede
ser utilizado por cualquier persona para elaborar su propia comprensión sobre el trastorno,
pero huyendo del reduccionismo y la excesiva
sencillez, pues esto nos llevaría a una falsifica-
ción del entendimiento, sobre todo tratándose
de un fenómeno psicológico como éste, que
es de índole compleja, pero que, al margen del

academicismo, puede ser manejado de manera cómoda y amable, para propiciar una interpretación justa de un problema humano del que se habla mucho, pero socialmente se conoce poco, y generalmente se entiende mal.

Las tonalidades del ánimo

La música es una expresión emocional. Un concierto es un flujo de vibraciones sonoras que cuenta una historia que los escuchas no reconstruyen en imágenes, sino en sensaciones que aluden a emociones primarias, pero estas emociones se van entretejiendo unas con otras para dar lugar a una multiplicidad de sentimientos que toman forma de acuerdo a la propuesta del compositor, pero que son reinterpretados en la mente de los oyentes, quienes, al influjo de esas vibraciones sonoras sienten que algo personal se va despertando en su interior, como si recordaran pasajes de su vida, pero no en imágenes específicas, no es propiamente la rememoración de hechos que despiertan emociones, sino de emociones que despiertan hechos, aunque tales recuerdos se elaboren más bien como imágenes "de fondo", que acompañan a la experiencia musical.

En el cine sucede precisamente lo contrario, pues se trata de una expresión visual; aquí las imágenes son apoyadas por la música, que le da un valor afectivo a lo que se presenta como un hecho en la pantalla. El director de una película incorpora secuencias musicales para enfatizar el tono emocional de las imágenes, y eso completa la experiencia del espectador, quien no sólo interpreta las imágenes con la razón, sino también con el corazón... Los amantes, que deben separarse, se dan un último beso en *close-up*, y, acto seguido la cámara en *traveling* muestra como se van alejando uno del otro en una playa desierta a la hora del crepúsculo, mostrando un profundo abatimiento por medio de sus expresiones corporales, mientras se escucha un melancólico vibrar de violines en si-bemol que hace rechinar las fibras sensibles de los espectadores, aunque su atención no esté centrada en la música, por lo que prácticamente no están conscientes de que hay un "tono"

emocional incorporado a propósito que acompaña a las imágenes.

¿Podríamos pensar que esa escena fuera acompañada con una secuencia de rock "pesado", o música ranchera? Esta sería una propuesta interesante para un cineasta "de vanguardia" (si es que todavía se les pude definir así); pero lo más probable es que moviera a risa, por lo menos en los espectadores con "sentido del humor", mientras que los "malhumorados" sentirían punzadas en el hígado. De cualquier manera, la incongruencia emocional sería evidente para todos.

Valga lo anterior para señalar un hecho psicológico muy importante: junto a cada idea (imagen mental) existe una emoción (vibración, tono, humor o ánimo) que se produce de manera casi automática, y generalmente inconsciente, que ayuda a configurar un sentimiento, mismo que completa el sentido de lo visto o pensado; ese sentido es algo personal y coherente con la vida psíquica de cada quien.

Retomando el ejemplo del cine, una escena en que la música y la imagen fueran incongruentes sería muy rara, pero no lo es tanto en
la "puesta en escena" que se realiza constantemente en nuestro interior. Aunque no siempre
nos demos cuenta de ello, todos experimentamos incongruencias entre nuestras vivencias,
pensamientos, sentimientos y estados de ánimo. Quien ha cursado un periodo de duelo por
la pérdida de un ser querido entenderá perfectamente que en aquellos tiempos su corazón
interpretaba constantemente una música como
de violines, arpas y violoncelos, y que cuando
era llevado a la fuerza por los amigos al partido de fútbol, "para que se animara", aquella
música interior sonaba durante las peripecias
del partido, y seguía sonando incluso cuando
su equipo favorito metía el gol de la victoria, y
él se levantaba de su asiento automáticamente
para saltar, vociferar y aplaudir, con una enorme sonrisa en los labios, pero con lágrimas en
los ojos. Lo más probable es que aquello haya

ocurrido solamente durante una temporada; cuando el duelo fue superado él volvió a tener la dirección escénica de su vida, y ésta se volvió más coherente con la dinámica de la realidad; cuando las escenas eran alegres, el estado de ánimo se convertía en una vibración positiva, y cuando había motivos de enojo resonaban en su mente los acordes de una marcha militar, para dar el tono justo a la situación.

Ese "tono" que acompaña invariablemente a todos los sucesos de la vida es lo que llamamos el *estado de ánimo*, y es éste un proceso emocional y no racional, por lo que funciona de manera más o menos automática en nuestro interior, constituyéndose en un sistema que tiene su propia dinámica y sus procesos de regulación de los humores, para ponerlos en el tono justo, tanto en congruencia como en intensidad, ante los eventos que ocurren en la realidad o en nuestra imaginación. Se llama "temperamento" a esta forma de regulación de los estados de ánimo (del latín *temperamentum*: "medida"), y es así como cada quien tiene su peculiar manera de interpretar los hechos de la vida, pero también tiene su propia manera de sentirlos, en consonancia con su particular temperamento, lo que significa que tiene una manera propia de armonizar sus ideas y sentimientos, misma que influye en sus estados de ánimo, en sus humores, creando la idea de "tipos" de personas de acuerdo a su temperamento, como la antigua tipología de los cuatro temperamentos: *sanguíneo* (veleidoso); *colérico* (impulsivo); *melancólico* (triste); *flemático* (apático). Todo esto procede de la teoría de los "humores" (sustancias o aromas), que se desarrolló en la medicina de la antigua Grecia y que decía que junto con la sangre corren sustancias que producen emociones, de ahí que se utilice la palabra "humor" para aludir a los estados de ánimo. La idea de los humores (como "sustancias internas") más tarde se abandonó en la medicina occidental, por considerársele una ingenuidad; pero desde principios del siglo veinte no sólo se retomó, sino que es la base de toda la investigación neurológica y psicológica, lo que dice mucho de la extraordinaria intuición de los griegos.

Generalmente los estados de ánimo son percibidos por los demás y no por nosotros mismos, o al menos "no tanto" por nosotros, pues estando involucrados intensamente en las acciones y los pensamientos, paradójicamente no nos damos cuenta de lo que estamos pensando, y menos de lo que estamos sintiendo. Es como si nos convirtiéramos en nuestros humores y pensamientos, en esos momentos "somos" nosotros lo que pensamos y sentimos. Aunque la condición más elevada del ser humano no es *ser* lo que piensa y siente, sino *tener* pensamientos y sentimientos, pues al reconocer que eso es algo que "nos sucede" estamos abriendo la puerta al reconocimiento de la función más importante de la mente humana, que es la conciencia, que podríamos definir brevemente como *la capacidad de observar, reflexionar, conocer y decidir acerca de los efectos, y "afectos" que se producen en nuestra relación con la realidad, incluyendo como parte de esa realidad lo que sucede en nuestro interior.* Los seres humanos podemos incorporar contenidos en nuestra mente, recuperarlos a voluntad y transformarlos; podemos darnos cuenta de si tenemos ideas equivocadas y modificarlas, o desecharlas; también podemos darnos cuenta de si estamos enojados, o tristes, o contentos, e influir en estos estados de ánimo, para modificarlos en nuestro beneficio. La conciencia nos capacita para realizar esa maravillosa operación de modelar nuestra propia mente.

Desde luego, el que seamos capaces de hacer algo no significa que lo hagamos siempre, o que lo hagamos bien; muchas veces nuestra conciencia se debilita y parece eclipsarse ante eventos que nos rebasan, emociones que nos esclavizan o automatismos del pensamiento que obnubilan nuestra razón.

Neuroquímica
de las emociones

En el código genético de todo individuo, no solamente está previsto el desarrollo de su estructura biológica, sino también la manera como esa estructura "se mueve" en su mundo, en un proceso de constante adaptación a las vicisitudes de la realidad; es decir, cada individuo no solamente es una estructura (anatomía-fisiología), sino también un "sistema" (una estructura en movimiento), y éste se encuentra inmerso en un gran sistema ecológico que lo trasciende y determina la "lógica" de sus movimientos; es decir, su conducta no es azarosa, sino que es la respuesta ante los estímulos del medio ambiente.

Así, pues, existen "maneras de actuar" preestablecidas en el sistema biológico individual, como "patrones de conducta" idóneos que se activan y desactivan ante cualquier situación, indicando los movimientos que pudieran ser más acertados como respuesta ante un estímulo. En el plano estricto de lo biológico, la capacidad de decisión del individuo respecto de qué conducta adoptar ante una situación es prácticamente nula; la naturaleza decide por él, pero no es la naturaleza la que actúa, sino el propio individuo, y lo hace en virtud de sensaciones que se le producen internamente como "agradables" o "desagradables"; la lógica de la conducta animal es muy simple: propiciar lo agradable y evitar lo desagradable, lo que también se puede poner en términos de necesidad-satisfacción.

¿Cómo hace la naturaleza para que reaccionemos de cierta manera ante ciertos eventos externos?... pues produciendo en nuestro interior un tipo de sensación que promueve la acción; a estas sensaciones tradicionalmente se les ha llamado *emociones* (del latín *e-motion*: "lo que nos mueve"). También se llama "emoción" a esas complejas elaboraciones psicológicas que son los "sentimientos"; pero dejaremos eso para más adelante, pues ahora nos referimos solamente a las emociones "primarias" que son el producto de reacciones químicas; éstas son la *alegría*, la *tristeza*, la *ira* y el *miedo*; aunque hay investigadores que incluyen la *sorpresa*.

En un sentido biológico, entre un estímulo y una respuesta media siempre una emoción. Una situación específica "estimula" una sensación de necesidad (emoción) y crea una tensión desagradable en el individuo, el cual tiende a "descargar" esa tensión (respuesta); o bien se crea una distensión agradable y la conducta queda orientada a la búsqueda de esa clase de estímulos.

Aunque provocado por eventos externos, el estímulo es interno; las emociones básicas son estimuladas o "desestimuladas" por la acción de un sistema interno de regulación química que llamamos "endocrino", de *endos* (dentro), y *crinós*: separación, diferenciación, especialización, particularización, dosificación, distinción, determinación, modulación…

Se llama *endocrinología* a la rama de la medicina que estudia la acción de las sustancias que secretan las glándulas del organismo llamadas "hormonas", que son una especie de "mensajeros químicos" que proveen información entre las células, con objeto de regular el desempeño del organismo en un proceso constante de adaptación a factores externos e internos.

Las hormonas son parte activa del sistema endocrino, pues regulan, dosifican y particularizan las reacciones internas, además de que producen emociones, por lo que son también "moduladores" de la conducta en tanto que producen el "humor" adecuado para que la respuesta ante una situación sea la más eficaz posible para la salvaguarda y desarrollo del individuo y la especie.

En el ser humano existe el mismo sistema de regulación de la conducta que en cualquier ser vivo, pero mientras que en los animales el patrón *estímulo-emoción-respuesta* funciona de manera prácticamente automática e inmediata, en los seres humanos la respuesta es mediata, pues la emoción-instinto es procesada por las funciones "ejecutivas" del cerebro, que son instancias de conciencia, mismas que nos permiten decidir el ejecutar, postergar o no ejecutar la respuesta natural ante un estímulo, lo que no significa que la emoción asociada a esa respuesta deje de existir, sino solamente que se asume, se maneja o canaliza de una manera particular, con las consecuencias que ello pudiera producir. Así que la perspectiva para explicar la conducta humana como una simple reacción química es improcedente, pero también lo sería el explicarla como una "simple" acción de conciencia. Aunque podamos manejar la química de la vida de diferentes maneras, no previstas por la naturaleza, las reacciones endocrinas se producen con relativa independencia de nuestra voluntad y "presionan" o "embrollan" esa voluntad.

Desde una perspectiva psiquiátrica objetiva, el trastorno bipolar no es un desorden psicológico, sino una enfermedad física, producto de un mal funcionamiento de los mecanismos bioquímicos que regulan el estado de ánimo, y por tanto inciden en la conducta.

En esta regulación anímica intervienen tanto el sistema endocrino como el "límbico", que es el área del sistema nervioso central que regula la actividad sensomotora y canaliza los impulsos emocionales. Se trata de un núcleo cerebral formado básicamente por el *tálamo*, el *hipotálamo*, el *hipocampo*, *cuerpo calloso*, *séptum*, *mesencéfalo* y las llamadas *amígdalas*; éste sistema es una formación cerebral evolutivamente superior que es propia de los mamíferos, como nosotros, y que se sobrepone a un área ancestral que llaman "cerebro de reptil", y ahí se encuentran formaciones de células cerebrales, o "neuronas" que interpretan los estímulos sensoriales de una manera "emotiva",

es decir, produciendo sensaciones internas pla-
centeras o desagradables, con objeto de "enca-
minar" la conducta de una manera eficaz para
propiciar la conservación del individuo y la
especie. A veces, a esta área se le llama "cerebro de Broca", en honor de Paul Broca, quien
lo tipificó, en 1878, y lo llamó "límbico", por
estar al borde (*limbus* en latín) del nódulo que
regula la función olfativa, así que más tarde
se le llamó *rinoencéfalo* (cerebro de la nariz), e
incluso "cerebro visceral", lo que parece apro-
piado para entender sus funciones en términos
coloquiales, como cuando decimos que alguien
actúa "visceralmente", es decir, anteponiendo
su emocionalidad a su razón, lo que sería una
forma de impulsividad.

Ciertamente, esta formación cerebral es un
área impulsiva, poco reflexiva, de nuestro ser;
si nuestra evolución llegara hasta ahí, no tendríamos posibilidades de controlar nuestras
emociones, sino que seríamos controlados por
ellas.

Pero sucede que, por encima del sistema límbico, existen capas (*cortex*), que, siendo las más nuevas en términos evolutivos, se les llama "neocortex", y en estas áreas radican los complejos neuronales que nos habilitan para ejercer, de manera voluntaria, nuestro pensamiento, sentimiento y acción; aunque, como hemos dicho arriba, esta voluntad se vea con frecuencia "embrollada" por los humores que circulan por el cuerpo y los procesadores que tenemos en el cerebro, dándonos la sensación de que nuestro ser tiene varias "maneras de ser", o por lo menos tres: emocional, intelectual y social.

Existen trastornos, o desórdenes, que se generan en nuestra manera de pensar o de relacionarnos, y en este sentido hablamos de trastornos psicológicos o "de personalidad"; pero en el caso de la bipolaridad se habla de un *desorden de la emocionalidad*, lo que, en principio, tiene una base biológica incuestionable; pero tampoco se puede cuestionar que las emociones son una parte constitutiva de la mente, por lo que un desarreglo en esta área influye de manera significativa en la persona en su conjunto.

Las oscilaciones del ánimo

El péndulo del humor. *Eutimia-Distimia*

Del griego *thymos*, que significa "humor", la *eutimia* (buen humor), se identifica con el sentirse alegre, y la *distimia* con la sensación de tristeza, o "mal humor", que en esta nomenclatura nada tiene que ver con el estar enojado o molesto, como se dice en lenguaje coloquial. Normalmente las personas oscilamos de la alegría a la tristeza en una intensidad relativa a los hechos que provocan lo uno o lo otro, como una reacción emocional simple; aunque también tenemos estados de ánimo más durables, en los que pasamos periodos marcados por la alegría o la tristeza con cierta independencia de los acontecimientos externos, y es cuando decimos que estamos de buen o mal humor,

31

reconociendo que hay algo no muy definible que influye en nuestro ánimo que nos ha producido una oscilación involuntaria del humor hacia la zona del optimismo, y en esos periodos interpretamos las cosas del mundo y nuestra relación con ellas con el criterio de la eutimia: la seguridad, la tranquilidad... Tenemos entonces la íntima convicción de que todo está bien. Durante otros periodos pareciera que no tenemos realmente un "estado de ánimo", sino solamente humores buenos y malos que aparecen y desaparecen en consonancia con lo que nos pasa. En tiempos como ésos pareciera que el péndulo del humor estuviera en el centro, sin movimiento aparente, oscilando de un lado a otro en un rango muy limitado. En otros periodos, sin embargo, en nuestra mente inconsciente se posiciona un estado de ánimo pesimista, como si nuestro péndulo interior estuviera oscilando casi exclusivamente del centro hacia la zona de la distimia, y todo lo vemos triste, apagado, sin color ni gracia.

Aunque no somos del todo dueños de nuestros estados de ánimo, algo podemos hacer para impulsar el péndulo del humor, por lo menos hasta estabilizarlo en el centro; por supuesto cuando nos sentimos sesgados hacia el territorio de la distimia, pues preferimos estar alegres que tristes, aunque se dan casos en que las personas sienten que no tienen derecho a estar alegres y hacen lo que pueden para oscilar hacia la zona de la tristeza.

Algunos más, otros menos (los bipolares casi nada), todos tenemos la capacidad de influir en la regulación de nuestros estados de ánimo; pero independientemente de lo que hagamos o dejemos de hacer, nuestro organismo echa a andar sus propios mecanismos de regulación, químicos y neurológicos, que tienden a normalizar nuestro humor, en virtud de un proceso biológico fundamental para mantener la eficacia de la vida que se ha llamado *homeostasis*, y que consiste en recuperar el equilibrio, volver a la estabilidad.

En el caso de los enfermos bipolares, el péndulo del humor oscila de manera violenta de una a otra zona, creando estados de ánimo demasiado intensos y de larga duración, lo que indica que la homeostasis, en esta área, funciona mal, por lo que la acción de la naturaleza se tiene que sustituir por ciertos medicamentos que llaman "eutimizantes", aunque no se trata propiamente de que "produzcan alegría", sino que ayudan al péndulo a regresar a su centro, favoreciendo con ello los procesos de regulación del humor, más o menos como hacen los medicamentos para la presión arterial, que no la suben ni la bajan, sino que simplemente la regulan.

El péndulo de la energía: *Euforia-Disforia*

Es común que estos términos se usen como sinónimos de alegría y tristeza, respectivamente, es decir, como si señalaran lo mismo que la "timia", vista arriba; pero las palabras distintas existen precisamente porque señalan fenómenos diferentes, y, de hecho, los sinónimos no existen en la ciencia, ni en la buena literatura. El origen griego de la raíz "foria" es muy interesante para entender el movimiento pendular de las emociones, pues alude a algo muy diferente del "humor". Foria viene de *phérein*, que significa "cargar" o "llevar un peso", de manera que *"eu" foria* se refiere al hecho de que se lleva una "buena" carga (liviana, cómoda, agradable), mientras que su contrario, *"dis" foria* se refiere a la sensación de que se lleva una carga pesada, abrumadora. Cuando decimos que algo es "difícil de sobrellevar" (llevar encima) estamos construyendo una imagen poético-psicológica con la que expresamos que aquello es "pesado" para nosotros, difícil de llevarlo cargando sobre los hombros, como si excediera nuestra fuerza, nuestra "energía" (capacidad de "esfuerzo"); en una palabra: se trata de algo "disfórico" para nosotros, nos produce una sensación de "pesadumbre" o "pesar", y con ello identificamos un estado de ánimo distinto de la alegría-tristeza, aunque relacionado, porque cuando emprendemos una tarea ligera *también* estamos alegres, y cuando vamos por la vida como si lleváramos un fardo pesado sobre los hombros *también* nos sentimos tristes.

Cuando nuestro péndulo oscila hacia la zona de la euforia nuestro ánimo se exalta, nos sentimos llenos de fuerza y estamos bien dispuestos para realizar cualquier tarea, por pesada que sea, sentimos tener "las pilas bien cargadas" y estamos llenos de entusiasmo y vitalidad, tanto que se acelera nuestra actividad y necesitamos menos descanso. La euforia es un estado de ánimo muy placentero y productivo y podría tener una larga duración si el gasto de energía fuese bien administrado (en un sentido físico y psicológico) por la persona eufórica, pues éste no es un estado alterado de la mente, sino un movimiento pendular discreto que va de la ligereza a la pesadez sin causar estridencias en el alma.

Los griegos llamaban "energúmeno" a quien desplegaba grandes cantidades de energía mostrando un ánimo exaltado en demasía y actuando en forma imprudente, alterada, "enloquecida", que es lo que sucede cuando la euforia llega al extremo de la *manía*.

Cuando el péndulo oscila hacia el territorio de la disforia nos sentimos débiles, apesadumbrados, todo nos parece difícil, molesto; estamos cansados, como si tuviéramos las "pilas bajas". Obviamente, cuando la oscilación del ánimo llega muy lejos en este sentido, la disforia se convierte en depresión.

El péndulo de la tensión: *Eustrés-Distrés*

Con frecuencia se habla de dos tipos de estrés, uno "bueno" (*eustrés*) y otro "malo" (*distrés*). Fue el fisiólogo canadiense Hans Seyle quien concibió esta distinción: el "distrés" sería destructivo y perjudicial, pues se asocia con la ira, la destructividad y en general con emociones negativas; en tanto que el "eustrés" se asocia con el amor, la empatía y el compromiso con los demás, como un padre preocupado, y ciertamente "cargado y tenso", por el presente y el futuro de sus hijos. Un estrés de este tipo podría identificarse con el entusiasmo y la esperanza.

Esta valoración es filosóficamente válida, pero desde una visión clínica resulta improcedente. No se podría hablar de un estrés "bueno" y uno "malo", igual que no se podría calificar de buena o mala una carga que recibe una estructura. La diferencia se deduce solamente a partir de la *capacidad de resistencia* de la estructura y respecto de la *magnitud de la carga*. Una estructura "débil" soportará solamente cargas pequeñas, y una fuerte podrá resistir cargas mayores sin deformarse o romperse.

¿Es buena o mala la carga? Esta valoración sólo es justificable en relación con la calidad de la estructura.

De igual manera, un estímulo estresante puede deformar seriamente la estructura psicológica de una persona, mientras que para otra será una fuente de excitación que le producirá entusiasmo. El manejar un automóvil en la ciudad puede ser estresante para una persona mayor, mientras que para un joven es algo muy estimulante.

Es fácil deducir que lo bueno y lo malo no está en la situación misma, sino en las *características psicológicas y existenciales* de la persona que está sometida a la estimulación.

El mismo Seyle decía que el estrés es "la sal y la pimienta de la vida"; una vida sin tensión sería equivalente a un estado inerte que es inconcebible porque niega el significado mismo de la vida, porque ésta es "ánimo", es decir, *movimiento*, y el movimiento es "tensión-distensión", estímulo (tensión) y respuesta (distensión). Una vida sin tensiones de hecho es inconcebible, pues equivaldría a una "muerte en vida".

Tiene mucho sentido cuando se dice que la bipolaridad tiene su origen en una manera inadecuada de manejar el estrés, que finalmente se traduce como "ánimo" y el ánimo oscila entre la tensión sentida como algo que produce euforia y buen humor (eustrés), y la tensión que da lugar a disforia y distimia, es decir, distrés. Las oscilaciones del ánimo no proceden del factor estresante en si mismo, sino de la manera como la tensión es asumida por el paciente bipolar, en quien existe una predisposición orgánica que le dificulta tolerar las tensiones, llevándolo a dar "bandazos" extremistas de vitalidad.

El péndulo del gusto: *Orexis-Anorexis*

Cuando las oscilaciones de nuestro ánimo se producen desde el péndulo del gusto-placer, nos adentramos respectivamente en la zona de las "ganas de vivir", o bien en la desgana, la apatía y el aburrimiento. A veces se le llama *hedonia* a esta área mental del placer, y *anhedonia* a la del "no placer", o "displacer", pues, en realidad, la falta de placer no equivale al dolor, sino a una lamentable sensación de falta de estímulos placenteros.

Tratándose de la respuesta a los estímulos vitales, es preferible dejar a un lado un término tan filosófico como "hedonismo", y utilizar otro más cercano a la cotidianidad, como es la *orexis* griega, que tiene el sentido del "gusto", las "ganas", el "agrado" o el "apetito", lo que se opone a la *anorexis*, que es la disminución o falta de eso mismo.

Actualmente se usa el término "anorexia" para definir un trastorno de la alimentación, como si éste fuera simplemente "falta de ganas de comer"; pero independientemente de ese uso específico, la orexis alude al hecho de sentir las cosas de la vida como agradables, "apetecibles", gustosas…, lo que se deriva en un estado de ánimo susceptible al placer, opuesto a un estado de ánimo indiferente al gusto. En este sentido, cuando el péndulo del ánimo se desplaza hacia la zona orexica sucede que "nos queremos comer al mundo", todo parece excitante, interesante, digno de ser experimentado y "disfrutado" (sacarle el jugo a la fruta).

42

Por el contrario, cuando el péndulo se desplaza hacia la zona de la anorexis, se nos quitan las ganas de experimentar las cosas, como si nada valiera la pena; todo se interpreta como aburrido, falto de interés, insulso…; aunque, por supuesto, la falta de interés no está en las cosas, sino en quien se ha instalado en la zona de la abulia, del hastío vital. La pérdida del "apetito por la vida" es un síntoma predominante en la depresión, mientras que la manía se caracteriza por una insaciable voracidad de placer.

La regulación de
los estados de ánimo

El mecanismo de regulación de los estados de ánimo es un proceso psicobiológico que nos permite encontrar un cierto grado de estabilidad emocional interior, e interactuar armónicamente con la realidad exterior, incluyendo a las personas con las que nos relacionamos. Se podría definir sistema regulador del estado de ánimo como el conjunto de sustancias que circulan por nuestra sangre (hormonas y neurotransmisores) y que estimulan o inhiben las emociones, y que, al ser procesadas por el sistema límbico nos permiten encontrar el "tono vital" adecuado para enfrentarnos a las vicisitudes de la existencia, por lo que, básicamente, constituyen una forma de adaptación a los cambios del contexto donde transcurre nuestra vida. Como proceso adaptativo, el estado de ánimo es el resultado de dos variables interrelacionadas, que son como las matrices de la vitalidad: se trata de la *energía* y la *tensión*. Estas matrices hacen que aumente o disminuya el ánimo en virtud de los eventos que se tenga que enfrentar, como una reacción de respuesta ante estímulos diversos, oscilando entre la "alta" y la "baja" del ánimo conforme sea necesario, y regresando a un estado de equilibrio, con lo que se logra la salud física y mental.

Cuando las situaciones que se enfrentan son de tal índole que rebasan la capacidad de adaptación de una persona, estos mecanismos no logran restablecer el equilibrio, por lo que se produce un colapso emocional "a la baja", que se conoce como *depresión reactiva* o *exógena*, considerando que se ha generado a partir de un intento fallido de adaptación a una situación externa que es perfectamente identificable, como puede ser la muerte de un ser querido, la exposición a un evento particularmente dramático o alguna pérdida importante. De cualquier manera, cuando ocurre una situación de este tipo, el organismo se esfuerza para producir las sustancias que actuarán como "termostato", intentando recuperar el equilibrio perdido, siempre en consonancia con las necesidades de autorregulación. De igual forma, cuando nuestro estado de ánimo se "dispara a la alta" (excesiva energía y tensión), entran en acción otros "humores" internos para evitar un exceso de actividad o euforia desmedida.

En las personas sanas, la oscilación anímica es más bien discreta, y los desequilibrios ocasionales, siendo de índole adaptativa, tienden a ser mesurados y de corta duración. Pero en aquellas personas en quienes el regulador anímico funciona incorrectamente suelen producirse alteraciones radicales en el estado de ánimo. Como es el caso de los bipolares, cuyo balance emocional no funciona de manera sana, produciéndose alternativamente "alzas" y "bajas" del estado de ánimo desmedidas e incongruentes, con la peculiaridad de que pudieran existir o no causas reconocibles que justifiquen tales reacciones; además de que dichos humores no se solucionan por sí mismos. Esto es lo que hace que se tipifique a la bipolaridad como un trastorno o enfermedad "del estado de ánimo", reconociéndose como una oscilación injustificada que va de una baja extrema de energía, *que es la depresión*, y que "pendulea" hasta llegar al polo contrario, la llamada *manía*, que es un exceso de energía vital, cuya tendencia es "rebotar" de nuevo hacia el polo opuesto; de ahí el nombre de "bipolaridad".

Bipolaridad y estrés

Todos los estudios coinciden en que estas oscilaciones extremistas del estado de ánimo se originan en altibajos radicales de energía, que se traducen en experiencias y expresiones de tristeza o alegría, pero que tienen como factor determinante un estado de tensión que no se resuelve de manera eficaz; es decir, que se trata de un intento de lucha en contra del estrés, pero fallido y lacerante, a causa de los excesos en el ataque, como si un general lanzara todas sus fuerzas en un estado de gran excitación bélica a la conquista de un bastión enemigo, pero sin orden ni concierto, con lo que no se produciría una victoria rápida, sino una derrota espectacular.

El paciente bipolar es como un general que maneja mal sus fuerzas; se lanza a la batalla de la vida con una moral exageradamente alta, con una gran energía, excitación, actividad y sensación de grandeza (fase maníaca), lo que lo lleva a un desgaste de tal magnitud, que sus fuerzas se desorganizan y diluyen, dando lugar a una sensación de derrota (fase depresiva), marcada por la inactividad y el abatimiento; pero de ahí volverá a levantarse y atacará de nuevo con gran enjundia, sólo para volver a caer abatido.

Cada persona tiene un cierto "estilo" particular de manejar situaciones estresantes, ya sean de tipo "triste" o "alegre" (porque lo mismo se estresa uno ante la posibilidad de perder el trabajo que ante la perspectiva de un viaje anhelado); esas peculiaridades individuales son el producto de una historia personal que da lugar a la formación y ejercicio de hábitos, estrategias, automatismos de conducta y modelos mentales para enfrentar los hechos de la vida; esta sensibilidad particular es de índole psicológica y no orgánica, aunque en todo proceso humano hay algo de físico y algo de psíquico (psicosomático); de cualquier manera, en las personas normales el sistema biológico previsto por la naturaleza para el manejo del estrés y la regulación de los estados de ánimo funciona por sí mismo, el organismo hace lo que tiene que hacer aunque la persona "oponga" su mentalidad ante los dictámenes del cuerpo; esta "oposición" o "disposición" de la mente es un fenómeno psicológico, y de ahí se derivan también problemas, patologías o trastornos, cuyo origen, se dice, es "psicogénico", porque se produce en la mente, a diferencia de aquellos trastornos "somatogénicos", que se originan en el cuerpo.

La bipolaridad
como enfermedad

El trastorno bipolar es claramente somatogénico; no es de origen psicológico; la persona que lo sufre no tiene responsabilidad en lo que le pasa; se trata de un desarreglo de los sistemas de regulación del estado de ánimo que están asociados con la respuesta al estrés, lo que desemboca en una gran dificultad para gobernar sus estados de ánimo, y por ende las emociones derivadas hacia todos los ámbitos de la vida. Por supuesto, tanto las personas normales como las bipolares están dotadas de conciencia, por lo que pueden hacer algo para manejar su emocionalidad y establecerse de una manera más saludable y feliz en la realidad; pero en el caso del bipolar es necesario integrar en su manera de vivir un tratamiento que le permita suplir lo faltante y reducir lo sobrante en la bioquímica de su cuerpo, lo que se logra por medio de fármacos, que es lo único que, por lo menos hasta ahora, puede proporcionar la ciencia médica. Junto con la estabilización bioquímica, es muy conveniente que se siga también una terapia psicológica, de manera que la persona pueda comprender y aceptar lo que le pasa, y aprender a influir positivamente en su condición.

La bipolaridad es una enfermedad crónica de la que no se tiene propiamente una cura, sino solamente un método de control basado en medicamentos que deberán usarse de por vida, pues así se mantiene compensado el estado de ánimo y se logra una estabilidad emocional similar a la de cualquier persona, es decir, con sus variaciones y altibajos, pero al nivel de lo normal, sin esos terribles extremos emocionales que pueden crear un estado de permanente desdicha en la persona que los experimenta y en sus seres queridos.

Es una inquietud generalizada el saber si la bipolaridad es una enfermedad hereditaria. En la actualidad se podría responder con seguridad que el factor genético influye grandemente en la aparición de la enfermedad; aunque no como algo decisivo, sino como una predisposición, o factor de riesgo; más o menos como sucede con la diabetes. En el caso del trastorno bipolar se considera que por lo menos en el sesenta por ciento de los casos el factor genético juega un papel decisivo. Los estudios estadísticos indican que si uno de los progenitores tiene la enfermedad, el riesgo de que aparezca en alguno de los hijos es de 27%; factor que se eleva entre un 50 y 75% en el caso en que ambos padres sufran el trastorno. El riesgo entre hermanos es del 19%, pero en los gemelos idénticos aumenta hasta el 70%. Hay que decir, sin embargo, que estas estadísticas se han tomado a partir de casos diagnosticados y de personas en tratamiento; habrá muchos casos en los que la tendencia genética potencial no se convierta en acto, que la persona transcurra por la vida sin afección alguna y sin enterarse de que tiene dicho factor de riesgo; además de que la enfermedad pudiera presentarse en un grado menor de gravedad, o tomando la forma de un trastorno del estado de ánimo distinto del bipolar.

Otra inquietud que se presenta en la actualidad es la incidencia de la bipolaridad, pues al parecer esta enfermedad se ha puesto de moda y se percibe como una verdadera epidemia; todo mundo sabe de alguien que tiene el trastorno, o sospecha que lo tiene. La verdad es que no se sabe si en la actualidad ha aumentado o si la frecuencia ha sido más o menos la misma a lo largo de la historia, pues en realidad es hasta hace muy poco que se le diagnostica de una manera tan puntual y específica; antes simplemente formaba parte del paquete de "las enfermedades mentales", y cuando se dice que un personaje histórico padecía bipolaridad es una mera especulación basada en datos biográficos, una especie de "diagnóstico a ciegas". No hay razones para creer que en la actualidad se haya "disparado" la bipolaridad en el mundo; en caso de que se tuvieran cifras de la antigüedad, es lógico que las de ahora serían superiores, debido al simple aumento de la población, el gran avance de la medicina social y la especificidad en el diagnóstico. Hay estudios que aseguran que actualmente entre 3 y 6% de la población mundial padece algún tipo de inestabilidad emocional o anímica, y, más específicamente, entre un 2 y 5% presentaría rasgos bipolares. Según la Asociación Mexicana de Terapias Cognitivo Conductuales, en México existen dos millones de personas que padecen bipolaridad, de las cuales solamente el 12.7% busca atención médica.

A diferencia de otros trastornos afectivos, la bipolaridad incide en ambos sexos casi en la misma proporción; presentándose la peculiaridad de que en los hombres el primer episodio suele ser maníaco, mientras que en las mujeres es depresivo.

Para finalizar este apartado, en el que se busca puntualizar el trastorno, diremos que, por lo menos en lo que respecta a la salud en general, y a la bipolaridad en particular, todo tiempo pasado fue peor, los afectados sufrían sus crisis sin remedio y sin esperanza, mientras que ahora, debido principalmente al desarrollo de la farmacología, y a una mayor conciencia de la enfermedad en todo sentido, los bipolares pueden llevar una vida normal, productiva e incluso feliz.

Hasta aquí, hemos llegado a definir la bipolaridad como un trastorno de origen físico, y por lo tanto susceptible de ser tratado con bastante éxito por la medicina y con la intervención de los fármacos. Eso no habría que perderlo de vista; pero tampoco habría que desconsiderar la parte psicológica, que si bien no está en la raíz del problema, si está en sus ramas, pues no podemos soslayar el hecho de que se trata de una enfermedad mental, lo que significa que repercute en la persona en su totalidad, pues los seres humanos "mentalizamos" todo lo que somos, lo que hacemos y lo que sentimos; es por ello que se ha calificado de "afectivo" al trastorno bipolar, pues lo que experimenta el enfermo no se queda en meras sensaciones anímicas, sino que estas sensaciones resuenan significativamente en el orden de los afectos, y en este orden se vive también una polaridad; de eso hablaremos en el siguiente apartado.

La vida afectiva

Los seres humanos experimentamos las emociones en diferentes niveles, siendo el primero de ellos el casi biológico, pues las emociones, como ya hemos comentado, son "efectos" químicos y neurológicos previstos por la naturaleza que inciden en nuestro pensamiento y conducta con la finalidad de crear pautas de respuesta eficaces ante cambios de la realidad, que funcionan como causas de tales efectos. En los animales de menor desarrollo neurológico, una causa ecológica produce un efecto automático; en los animales superiores el efecto es menos inmediato; en los humanos el efecto es extraordinariamente complejo, y se crean formas muy variadas de "sentir" las emociones, y eso es lo que, en general, llamamos "afectos".

Las emociones de un pez, un reptil, un chimpancé o un hombre son esencialmente las mismas, y todos las experimentamos por igual;

pero a los animales los efectos de las emociones no los "afectan"; una emoción surge, produce el efecto adecuado y desaparece, sin dejar una huella psíquica importante; aunque sin duda los animales aprenden de las vivencias emocionales y en las especies superiores se crean patrones de reacción que bien pudieran considerarse huellas psicológicas, "traumas" o "pautas", como cuando se habla del "perro vapuleado", que se vuelve "miedoso", por lo que bien pudiera decirse que en él se ha creado un "estado de ánimo", que es una pauta afectiva y no un simple mecanismo de estímulo-respuesta; incluso podría decirse que en él se ha creado un "trastorno afectivo", pues su reacción no es del todo coherente con los estímulos de la realidad. El perro "interpreta" como un peligro cualquier movimiento brusco de una persona que se encuentra en su cercanía, aunque en realidad no represente un peligro para él; de cualquier manera se estresa, siente miedo, huye o bien pudiera atacar sin justificación evidente para un observador; aunque existe un cierto tipo de justificación en su mente-cerebro que hace que se produzcan los efectos químicos y neurológicos que corresponden a las emociones defensivas miedo-ira. De igual manera, se crean pautas de cercanía y cariño, cuando el perro ha sido tratado reiteradamente con caricias y halagos. Finalmente, es así como se "educa" a los perros, creando pautas permanentes de humor o estados de ánimo, que podríamos llamar "afectos primitivos", como para diferenciarlos de los afectos humanos, aunque reconociendo que en nosotros también se producen esta clase de condicionamientos.

Los afectos humanos también se encuentran fuertemente enraizados en las emociones primarias, y se desarrollan, en principio, como huellas psicobiológicas; pero el desarrollo de nuestros afectos no se queda ahí, sino que evoluciona hasta alcanzar el nivel de los *sentimientos*.

Los sentimientos son "elaboraciones mentales", interpretaciones de los hechos de la realidad, pero están de tal manera vinculados con las emociones que se podrían considerar una especie de "ideas emocionales". Si, por ejemplo, pensamos que una persona amada está siendo atraída por alguien y pudiéramos perderla (imágenes mentales, interpretaciones), y estos pensamientos se asocian con emociones como la tristeza, el miedo, el enojo…, en nuestra mente se produce un sentimiento que llamamos *celos*. Este sentimiento puede estar asociado con otros, mezclarse con otros, o generar otros; como pudiera ser la desconfianza, intranquilidad, rencor, desamor, culpa, desencanto…, y otros muchos más, con lo que se crea un auténtico "cóctel" afectivo que sería distinto en cada persona en virtud de su sensibilidad, capacidad y estilo personal para manejar sus afectos y *elaborar la experiencia* de los celos.

Si bien las emociones primarias son muy pocas, el catálogo de sentimientos (a veces también llamados "emociones secundarias") es enorme; solamente mencionaremos algunos, a manera de ilustración: *aburrimiento, admiración, adoración, agradecimiento, envidia, decepción, arrepentimiento, encono, capricho, cariño, deseo, felicidad, humillación, esperanza…* Nuestra vida sentimental es tan amplia y variada como nuestra vida intelectual, y así como las ideas se asocian unas con otras para formar conceptos más amplios o definitorios, el orden de los afectos tiene también su lógica y su "gramática", como si fuera un lenguaje distinto al racional y muchas veces ajeno al mismo; como decía Blas Pascal: "Hay razones del corazón que la razón no comprende".

Muchas averías de la personalidad se generan en el orden de los sentimientos más que en el de las ideas, y prácticamente en todos los trastornos psicológicos (e incluso físicos) se puede encontrar, en el fondo, un desarreglo de tipo sentimental; en ciertos casos, como en el *Trastorno Afectivo Bipolar* (TAB), el desorden de los sentimientos no está en el fondo, sino en la superficie del problema, pues al no manejar adecuadamente los polos del ánimo (tensión-energía) la persona tampoco puede manejar bien las oscilaciones entre los polos de los sentimientos. En un estado de crisis maníaca, la persona tenderá a interpretar los hechos de la realidad y sus propias sensaciones de una manera exuberante y en extremo optimista, mientras que durante un episodio depresivo todo lo verá a través del filtro de la tristeza.

Los afectos son procesos que ocurren en nuestro interior, y como tales son fenómenos carentes de polaridad, por lo menos en un sentido de "oposición"; como objeto de estudio, un afecto sería más bien un proceso que transcurre desde un principio hasta un final, o, también, desde un grado de intensidad máximo a uno mínimo, como la medición de temperatura en un termómetro. San Agustín de Hipona, que se dedicó a combatir filosóficamente el maniqueísmo (consideración de que todo lo que existe, incluyendo a Dios, tiene un "polo positivo" y uno "negativo"), decía que en realidad no existe el frío, sino que nosotros llamamos "frío" a la escasez de calor, y lo mismo llamamos "oscuridad" a la escasez de luz, o maldad a la "poca bondad"…, y así por el estilo con todos los fenómenos, incluyendo los sentimientos. Desde el punto de vista de la termodinámica tenía razón en lo del frío, y ciertamente, visto desde la ciencia sería difícil hablar de "polos" en los fenómenos; aunque desde la perspectiva humana la polaridad es un hecho, pues así es como sentimos las cosas; nos podemos morir de "poco calor" (hipotermia), a la "poca felicidad" la llamamos "desdicha" y a la escasez de alegría le llamamos "tristeza". De cualquier manera, bien visto el fenómeno, no existe bipolaridad en los estados de ánimo y los afectos, lo que existen son "límites" de un mismo fenómeno, por un lado, y por otro lado un fenómeno que es de índole distinta y que nos parece contraria. En el caso de la bipolaridad, en principio, tenemos un caso de variaciones extremas de un mismo proceso, que ya anteriormente hemos llamado *energía-tensión*; estas variaciones las medimos con un mismo "termómetro" y consideramos las medidas demasiado "altas" o demasiado "bajas"; desde luego, la manía no es el "polo opuesto" de la depresión pues se trata de estados de ánimo diferentes y antagónicos, igual que la alegría y la tristeza, que deberían medirse con "termómetros" distintos; en uno se medirían los grados de alegría y en el otro la intensidad de la tristeza, igual que el amor y el odio son sentimientos distintos y se mide cada uno con su propio termómetro; no podríamos decir que "poco amor" significa odio, o que poco odio es amor; aunque, eso sí, se puede "brincar" del amor al odio como se brinca de la alegría a la tristeza… o de la manía a la depresión.

Así que, en realidad, cuando hablamos de polarización de los sentimientos, más bien nos referimos a "saltos afectivos", cambios radicales de un sentimiento a otro, o de un conjunto de sentimientos a otro.

El problema del paciente bipolar es que el termómetro de su vitalidad (ánimo) sube y baja de manera extremosa; cuando está muy "arriba", sus sensaciones de gran energía le producen un "salto" a un estado mental en el que se le generan sentimientos que están marcados por la exaltación, mientras que estando muy "abajo", el conjunto de sentimientos que tienen como denominador común es la apatía.

Si fuera el caso de que el paciente bipolar sufriera únicamente un "sube y baja" de energía, la medicación lo estabilizaría por completo y el problema quedaría resuelto, o por lo menos controlado, como sucede con el paciente diabético, que al regular sus altibajos de azúcar, por medio de la insulina y otros medicamentos, puede llevar una vida normal. El bipolar mejora notablemente con la medicación; pero como su condición afecta sus procesos mentales, incluyendo sus ideas y afectos, es necesario que junto con su terapia médica se incluya una psicológica, con la finalidad de que aprenda a conocer y manejar la multiplicidad de sus polaridades afectivas.

Identificación clínica
del trastorno bipolar

En la actualidad, el diagnóstico médico ya no se maneja como un "veredicto" único y definitivo, sino más bien como un proceso de conocimiento que tiende a especificar, caracterizar y definir una situación cualquiera, con lo que se retoma el sentido griego original del término, en donde el prefijo *dia* indica "diversidad" o "diferencia", y *gnoscis*, que es "conocimiento"; de manera que, tratándose de una enfermedad, lo que se pretende es "irla conociendo", por el método del contraste entre las semejanzas y diferencias respecto de otras enfermedades de una categoría similar, con lo que la diagnosis médica se convierte en un arte clasificatorio, y al mismo tiempo en un proceso de investigación permanente.

El trastorno bipolar se encuentra en una categoría diagnóstica que engloba los "trastornos del estado de ánimo", según el instrumento más completo que actualmente manejan psicólogos y psiquiatras, y que es el *Manual de Diagnóstico y Estadística de los Trastornos Mentales*, en su cuarta edición, conocido como DSM-IV, publicado por la Asociación Psiquiátrica Americana, mismo que presenta revisiones periódicas, conforme avanza la investigación en este terreno.

En este manual se describe a los estados de ánimo trastornados como "alteraciones del humor", identificables como:

⇨ Episodio maníaco.

⇨ Episodio depresivo mayor.

⇨ Episodio mixto.

⇨ Episodio hipomaníaco.

Estos "episodios" no se consideran trastornos en sí mismos, sino fenómenos que pueden considerarse pruebas o evidencias útiles para

la elaboración del diagnóstico de los trastornos
de los estados de ánimo propiamente dichos,
que son los siguientes:

⇨ Trastorno depresivo mayor.

⇨ Trastorno distímico.

⇨ Trastorno depresivo no especificado.

⇨ Trastorno bipolar I.

⇨ Trastorno bipolar II.

⇨ Trastorno ciclotímico.

⇨ Trastorno bipolar no especificado.

⇨ Trastorno del estado de ánimo debido a
enfermedades médicas.

⇨ Trastornos del estado de ánimo induci-
dos por sustancias.

⇨ Trastornos del estado de ánimo no espe-
cificados.

Para propiciar una comprensión diagnóstica personal del trastorno bipolar, analizaremos
por separado los dos grandes "polos" del estado de ánimo, que constituyen la esencia del
problema.

La manía

La manía, como un episodio afectivo propio de la bipolaridad, consiste básicamente en un cambio de comportamiento producido por una exaltación anómala de las funciones mentales, en el que los pensamientos se aceleran, las emociones se hacen más intensas y los sentimientos se exacerban; el término proviene del griego antiguo, y significa "locura" o "furor"; en la psicología clínica y la psiquiatría se le entiende como un humor en extremo exaltado y no como una "obsesión", como se dice en lenguaje coloquial respecto de las personas que exageran con la limpieza, el orden o la puntualidad, o como se maneja en términos como "maniático sexual"; "piromaníaco", "cleptomaníaco" y otros.

En la historia de la literatura y el arte en general se tienen muchos ejemplos de un "furor creativo" que pareciera haber sido precisamente un episodio maníaco. Un biógrafo de Edgar Allan Poe señala: *A través de sus cartas se advierte cómo se alternaban en él accesos de lucidez y de brusco entusiasmo, con otros de la más negra desesperación.* En uno de estos "accesos de lucidez", escribió, en breve tiempo, un ensayo que llamó *Eureka*, en el que desarrolló una teoría que explicaba "sin lugar a dudas" el origen del universo; y aunque este libro contiene atisbos de la genialidad que caracterizaba a Poe, no es más que una intrincada ideación delirante, producto del desenfreno de sus emociones y sentimientos. Otro caso interesante es el de R. Louis Stevenson, quien, aparentemente sumido en la depresión, tuvo un sueño en el que se veía en estados alternativos de "desdoblamiento" de sí mismo, como si dos personalidades antagónicas lucharan por manifestarse. Al despertar se puso a trabajar de manera obsesiva en la historia, y en tres días terminó la primera versión de *El extraño caso del doctor Jekyll y míster Hyde*, novela que, además de ser una de las obras más importantes de la literatura universal, revela esa condición alternada y contradictoria que sufre un paciente bipolar.

Manía y creatividad

El acto creativo es un hecho milagroso, algo que, de acuerdo a la lógica de la normalidad, no debiera producirse, los procesos racionales y afectivos, en principio, están diseñados por la naturaleza y la sociedad para adaptarnos a una realidad ya hecha, y no para romperla y crear una nueva.

Sin embargo, los humanos no solamente nos adaptamos a las cosas ya hechas, sino que creamos formas novedosas de interacción con el mundo, y en consecuencia lo vamos transformando en ese proceso interminable que es la cultura, lo que revela la existencia de esa extraña y anormal cualidad de la mente que es la conciencia creativa.

Tradicionalmente se ha asociado a la creatividad con la locura, entendiendo que para po-

75

der crear es necesario transgredir un orden o rebasar los límites del pensar y sentir "normalizado", prestablecido o "programado", y ciertamente hay algo de locura en esta digresión respecto de lo normal. Sin embargo, de hecho los normales viajamos constantemente a los territorios de nuestra propia locura; lo hacemos en una *tour* permitida y con toda clase de seguridades, como si viajáramos con pasaporte, por lo que se nos abre la frontera con naturalidad cuando entramos, y se nos cierra cuando salimos. Algo aprendemos de esas discretas incursiones, algo recordamos, algo cambia en nuestra manera de interpretar la realidad y esos cambios generalmente son saludables para nosotros. Eso es lo que hacemos cuando soñamos dormidos, cuando fantaseamos despiertos sin un tema determinado, o cuando acuden a nuestra mente imágenes que simplemente "ocurren", sin que las hayamos traído a la conciencia voluntariamente.

Pero hay personas que viajan al mundo de la locura sin pasaporte, eludiendo los controles que impone la razón para evitar la sinrazón, para detener un posible aluvión de ideas y sentimientos que parecen extranjeros a la conciencia despierta. Cuando se van filtrando en nuestra mente consciente, de manera incontrolada, conjuntos de imágenes que proceden del inconsciente se produce una rara mezcla de fantasía y realidad, y en esas condiciones es difícil distinguir las fronteras entre la locura y la cordura, como sucede en los "arrobos místicos", en los trastornos *esquizoides* de la personalidad (el "yo" dividido), y en los episodios maníacos, teniendo estos eventos, como denominador común, la sensación de una suerte de "despersonalización", como si el individuo ya no fuera él mismo, sino otro distinto, y ciertamente "superior", "superlúcido", "omnipotente", capaz de transformar el mundo por efecto de una conciencia aparentemente "expandida". Los griegos llamaban *entheosiasmos* (entusiasmo) a esta exaltación del ánimo, pues esta palabra significa, literalmente, "convertirse en un dios".

La primera etapa, o "entrada", de un episodio maníaco puede ser sumamente placentera para quien lo experimenta, pues la sobrecarga de energía hace que se perciba a sí mismo como extraordinariamente vital, lleno de salud física y mental; con un ánimo eufórico; desprovisto de inhibiciones y prejuicios; dotado de una gran capacidad erótica y de vinculación afectiva con los demás; lleno de ideas "geniales" y con la certeza de que no sólo son valederas, sino perfectamente realizables. En estos momentos, el estado maníaco es algo así como el "nirvana" de los budistas: la total realización de su ser.

En una segunda fase, la persona comienza a "hacer cosas", en congruencia con las alturas de este estado de ánimo, como queriendo dar forma y contenido real a las imágenes creativas que ha elaborado en su mente: habla, expresa, se mueve, emprende, experimenta, actúa… pero como la realidad tiene su propia estructura y dinámica, sus esfuerzos de realización van fracasando uno tras otro y dejando una secuela de problemas por resolver, por lo que la pretensión de ejercer la creatividad a ultranza se va transformando en desencanto y frustración.

La lucha contra la frustración va dando lugar a una tercera etapa, que podría calificarse de "delirante", pues aquí el enfermo va cambiando el rumbo de su pensamiento y acción de manera muy rápida, saliéndose de un cauce para entrar en otro, y después en otro, en una desesperante sucesión (*delirium* significa "salirse de cauce"), como un río que se desborda y "delira" por los campos aledaños. La creatividad, delirante y frustrada, va generando una ideación de que se vive en medio de lo que parece incomprensión y hostilidad de los demás, con su carga de tristeza e irritación. Así, el nirvana termina transformándose en ira, y finalmente se llega a la decepción, con lo que se prepara el terreno para la disolución del estado maníaco y el advenimiento de la depresión.

79

El trastorno bipolar, especialmente en su fase maníaca, podría asociarse con la creatividad, pero no podemos perder de vista el hecho incuestionable de que se trata de un estado alterado de la mente, y que este estado lamentable es producto de una enfermedad que sería preferible no tener. Seguramente muchos filósofos, científicos, y sobre todo artistas, han sido bipolares, pero sería una especie de "ilusión de óptica" el atribuir su producción creativa al estado maníaco, como si fuera de causa a efecto. El bipolar no es un genio ni un santo, sino un ser que sufre una desmesurada oscilación de sus estados de ánimo, lo que le produce una disfuncionalidad que lo hace sufrir, lesionando todas aquellas estrategias psicológicas que, en condiciones normales, nos permiten adaptarnos a la realidad, evitar el caos mental y encontrar un cierto grado de bienestar y felicidad.

La experiencia indica que el furor maníaco no es una forma de creatividad en sí misma, puesto que en tales condiciones no es posible crear nada que valga la pena; aunque sí puede generar ideas originales que después, una vez recuperada la estabilidad, podrían ser trabajadas en condiciones anímicas e intelectuales favorables para la realización de proyectos creativos viables y sensatos. La experiencia indica que los bipolares y esquizofrénicos sólo producen obras significativas en los periodos en que están relativamente sanos.

La manía en la bipolaridad

Con la finalidad de establecer criterios de identificación adecuados para definir una condición de bipolaridad, el aludido manual de diagnóstico DSM-IV, señala como episodio maníaco:

... un periodo definido caracterizado por un estado de ánimo anormal y persistentemente elevado, expansivo o irritable, que se prolonga durante un mínimo de una semana, o bien requiere hospitalización.

Este estado general del humor debe ser identificado como algo que ha surgido "por sí mismo", no es el efecto del uso de sustancias, de una enfermedad física o de algún tipo de manipulación psicosomática, como pudiera ser un ayuno prolongado o un estado histérico producto de operaciones mágico-religiosas.

El estado maníaco bipolar, en términos generales, se caracteriza por una autovaloración excesiva de sí mismo y una actitud extrovertida en extremo, y pueden presentarse, en mayor o menor grado, ideas delirantes e incluso alucinaciones. En algunos pacientes se presentan ideaciones claramente psicóticas que harían pensar en la esquizofrenia o esquizotipia (ambos trastornos relacionados con el pensamiento mágico): tal vez puedan asegurar que son capaces de leer el pensamiento, que entidades metafísicas se comunican con ellos y les han encomendado una "misión", que pueden transformar la realidad por medio de la concentración mental, que tienen recuerdos de "vidas pasadas", y cosas de esa índole. En el paciente bipolar estos procesos delirantes son derivados de un estado de ánimo exaltado, que incluye una carga afectiva importante, además de que la manía es un estado pasajero, que cambiará a otro radicalmente diferente (la depresión), a diferencia de los procesos psicóticos de otras enfermedades, que permanecen estables, con mayor o menor intensidad.

Además de este estado general, se debe reconocer la presencia de algunos de los síntomas que presentamos a continuación:

Autoestima exagerada, grandiosidad o sensaciones de omnipotencia

Cuando la persona se manifiesta como "el ombligo del mundo", da la impresión de que considera que sus ideas son muy brillantes, su personalidad es arrolladora y está destinada a realizar grandes empresas, y eso no es demostrable, lo lógico es que se considere que la persona está cursando por un episodio de "megalomanía" (delirio de grandeza), y eso podría asociarse con un trastorno bipolar si el sujeto no es así todo el tiempo, en cuyo caso tendríamos que pensar en otro tipo de trastorno. Pero si su autoestima es normalmente mesurada, e incluso baja en ciertos periodos, podríamos pensar en este síntoma como evidencia de bipolaridad.

Falta de sueño, disminución de la necesidad de descansar

Si se presentan dificultades para dormir, y no existen causas que lo justifiquen, como algunas preocupaciones identificables, es posible que la persona se encuentre en un proceso maníaco, sobre todo si la escasez del sueño le parece reparadora, lo que no ocurre en el insomnio y otros trastornos del sueño. En episodios maníáticos desbordantes, la persona puede pasar varios días sin dormir y su energía parece no menguar, aunque más tarde, en la fase depresiva, el cansancio se manifiesta con mayor intensidad.

*Verborrea; compulsión a hablar
constantemente y con poca coherencia*

En estado maníaco, la persona quisiera expresar verbalmente todo lo que piensa; habla constantemente y su verbalización es muy rápida, a tal grado que las palabras se cortan o atropellan. Como la verbalización procede de la "taquipsiquia" (pensar muy rápido), el sujeto mismo no se da cuenta de que su discurso es muy acelerado, teniendo la impresión de que los demás están hablando muy lento o guardan silencio durante mucho tiempo. No se mantiene un estilo de diálogo en la conversación, se trata más bien de un monólogo deshilvanado y obsesivo, centrado en el "yo" y sin tomar muy en cuenta las intervenciones ajenas.

*Fuga de ideas o sensación íntima de que los
pensamientos se suceden con gran rapidez*

En medio de la exaltación maníaca, la verbalización psíquica o "monólogo interior" se vuelve muy ágil, pudiendo tomar dos vertientes: por un lado la sensación de que los pensamientos expresan ideas muy "brillantes", a manera de descubrimientos o formas de "iluminación", y por otro lado la rapidez con la que las ideas aparecen y se van encadenando unas con otras como para formar conceptos que en realidad no terminan de estructurarse; las secuencias de ideas se rompen con facilidad y se tiene la desconcertante sensación de "saber algo muy importante", sin poderle dar una estructura mental adecuada y sin poderlo expresar con claridad a los demás, pudiendo llegar a sentir que los pensamientos se suceden a tal velocidad que ya no es posible verbalizarlos internamente o comentarlos en voz alta; en esas condiciones la persona pierde el control de su propio pensamiento y entra en angustia ante el aluvión de ideas que se le viene encima.

Distraibilidad o déficit de atención

La dificultad de concentración afecta tanto la toma de decisiones como la organización mental y conductual que nos permite definir tareas y llevarlas a cabo. Si una persona se manifiesta como distraída en su vida cotidiana, tal vez podría tener el llamado TDA (Trastorno por Déficit de Atención), pero si esta condición se le presenta ocasionalmente y se aparece en asociación con otros síntomas como los que estamos viendo aquí, pudiera ser un elemento importante para definir un trastorno bipolar, manifestándose como un efecto de la aceleración mental descrita arriba, pues el sujeto está "demasiado lúcido" respecto de los hechos de la realidad y' de sus propios pensamientos, pero ha perdido la correcta "administración de su atención", es decir, carece de un centro de atención que le permitiría aceptar o rechazar estímulos, que es a lo que nos referimos con el término "concentración" (ir al centro). Al cursar por un episodio maníaco, paradójicamente, su atención se vuelve muy intensa sobre un punto específico, pero se deriva rápidamente a otro punto y después a otro, en una interminable y desesperante sucesión.

Agitación psicomotriz

La hiperactividad puede tener dos vertientes: un estado de agitación tanto física como psíquica, o el emprender muchas actividades tendientes a la realización de objetivos; en el primer caso nos referimos a una persona que se manifiesta "nerviosa", con un exceso de energía que se vuelca por todos lados sin orden ni concierto, además de que "no se puede estar quieto". La agitación psicomotriz es un estado de intranquilidad que puede expresarse en movimientos compulsivos y estereotipados, tales como acomodarse constantemente los lentes, tamborilear los dedos sobre una mesa, hacer ruidos con la boca o morderse las uñas (lo que a veces se llama "manías"). En estados de mayor ansiedad se producen movimientos mayores, como caminar de un lado a otro, abrir y cerrar la ventana, o pararse y sentarse repetidamente; todos estos movimientos parecieran responder a un intento de desahogar una energía excedente.

Aumento de actividad dirigida al logro de objetivos

La otra vertiente de la hiperactividad a la que aludíamos arriba es el exceso de movimientos "con sentido", es decir, encaminados al logro de objetivos o realización de proyectos de cualquier índole. Se trata de una gran vehemencia aplicada al logro de la realización de propósitos, tal vez porque muchos de ellos han sido postergados a causa de estados de apatía por efecto de anteriores episodios depresivos, o como una fórmula neurótica tendiente a resolver las cosas "de una vez por todas", dado que se dispone de un exceso de energía para actuar. En medio de esta vorágine de actividades se pierde el sentido de la proporción entre las cosas y los límites de tiempo, espacio y capacidades, lo que lleva al riesgo y la desmesura, con la consecuente dosis de estrés, que puede precipitar el colapso nervioso y la caída en la depresión.

Hedonismo y promiscuidad

Una evidencia importante de un periodo maníaco es la búsqueda descontrolada y excéntrica del placer en todas sus formas. El sujeto puede correrse juergas desusadas en él; puede gastarse fuertes cantidades en compras superfluas o juegos de azar, manejar su coche con poca precaución o exceso de velocidad; beber en exceso o probar drogas peligrosas. También es común que la persona pierda el pudor y se involucre en actividades sexuales más allá de sus hábitos normales.

Hipomanía

Literalmente, hipomanía significa "manía de baja intensidad". En el sistema de la Clasificación Internacional de las Enfermedades (CIE), se le define como:

...un grado menor de la manía en el que las alteraciones del humor y del comportamiento son demasiado persistentes y marcadas como para ser incluidas en el apartado de la ciclotimia (humor cíclico), *pero, a su vez, no se acompañan de alucinaciones o ideas delirantes. Se produce una exaltación leve y persistente del ánimo —que suele durar entre uno y tres días seguidos—, un aumento de la vitalidad y de la actividad y, por lo general, sentimientos marcados de bienestar y elevado rendimiento físico y mental.*

Las características de la hipomanía son similares a las de la manía grave; la persona se manifiesta más abierta, comunicativa y sociable que de costumbre, manifiesta una renovada energía, que se manifiesta en hiperactividad, mayor vigor sexual, disminución de la necesidad de sueño, y demás síntomas maníacos, con excepción de los delirantes y psicóticos. En este estado generalmente no se afecta la actividad laboral y no llega a causar rechazo social. Aunque en algunos casos el sujeto puede manifestarse socialmente como demasiado engreído, poco tolerante y "dueño de la verdad", llegando a sustituir la euforia por la irritación.

El estado hipomaníaco se parece tanto al optimismo o la alegría de vivir, que nos podríamos preguntar qué tiene de enfermizo; y de hecho no está tipificado como una enfermedad, sino como un "síndrome", pero se le considera un problema porque se elabora a partir de reacciones neuróticas que no atienden a la realidad sino a un deseo de cambio que cae en la desmesura emocional y conductual, lo que lleva a distorsiones en el pensamiento, cambios improcedentes en la vinculación social o afectiva, decisiones apresuradas y, en general, actitudes poco sensatas que preludian contratiempos que no sucederían si se tratara de un estado de optimismo razonable.

Episodios mixtos

La característica del trastorno bipolar es que el paciente sufre alternativamente episodios de manía o depresión a lo largo de su vida; algunos sufren más de lo uno que de lo otro, o más intenso lo uno que lo otro. Pero, en algunos casos, la manía y la depresión parece no presentarse como una oscilación, sino como dos humores mezclados que se manifiestan al mismo tiempo; se habla entonces de un *episodio mixto*, durante el cual el paciente siente una gran agitación, sus pensamientos fluyen de una manera caótica o acelerada, y se percibe cargado de energía, a pesar de lo cual está triste, pesimista y sin esperanzas; es posible que ambos estados de ánimo se presenten como auténticamente mezclados, lo que aumenta el riesgo de suicidio, pero también sucede que se presentan como oscilaciones rápidas. Estos estados pueden confundirse fácilmente con formas de ansiedad, particularmente con crisis de ansiedad o ataques de pánico.

A este fenómeno también se le conoce como *manía disfórica*, oponiéndolo a la manía "eufórica"; es decir, la persona siente una gran libertad de acción y el entusiasmo que eso conlleva, pero al mismo tiempo (o en alternaciones muy rápidas), siente que es "pesado", o sufriente, pensar, sentir y hacer tantas cosas.

Algunos pacientes presentan manías disfóricas aisladas, pero lo más común es que éstas se presenten en la última fase de un episodio maníaco eufórico, como una especie de "puente" entre la manía y la depresión, especialmente en los pacientes bipolares que se conocen como "de ciclos rápidos", en los que los cambios se producen de una manera que parece súbita.

La depresión

Bajo el término "depresión" se engloba y generaliza un conjunto de estados de ánimo que, en principio, son diferentes entre sí, tales como la *tristeza*, el *desánimo*, la *apatía*, la *añoranza*, la *culpa*, la *tensión o estrés*, la *desesperanza*, la *sensación de absurdo o sinsentido*, la *fatiga emocional*, la *desventura* y muchos otros "humores" que se nos pudieran ocurrir y que tuvieran este mismo tono negativo y sufriente. Los griegos llamaban *melancolía* a este conglomerado de afectos y lo atribuían a la acción de los "humores" del cuerpo (*melas*: "negro", y *cholé*: "bilis"), lo que da a la persona un tono mental y anímico que llamaban *disforía*, o "carga pesada", como ya hemos visto en otro capítulo.

De lo anterior, podemos encontrar un primer acercamiento para la comprensión de esa manera de experimentar la vida, como desde el fondo de una "depresión" (hondura) del terreno, como desde el fondo de un pozo:

La depresión es un estado de ánimo caracterizado por una sensación más o menos permanente de disforia; la vida se interpreta como una pesada carga que llevar, lo que se asocia con un humor melancólico y escasa energía.

Sin embargo, la melancolía en sí misma, y un estado de ánimo disfórico no necesariamente da lugar a una actitud de abatimiento. Una persona puede transitar por la vida como si ésta fuera una difícil aventura, una verdadera hazaña en la que se requiere desplegar esfuerzo y valentía. En esta "postura existencial", los hechos de la historia personal pueden ser asumidos como un reto, lo que conlleva el entusiasmo y un alto nivel de energía; a pesar de que esta postura también parte de una consideración disfórica; sin embargo la actitud de la persona frente a los eventos de su vida es activa y confrontativa, por lo que los hechos, por negativos que pudieran parecer, se convierten en *estímulos* que invitan a la acción. Por lo que la sensación disfórica, con el tiempo, se diluye en el hacer cotidiano, dando lugar a un estado más o menos permanente de euforia que bien pudiéramos llamar "activa".

Por el contrario, en un estado de ánimo caracterizado por la disforia pasiva, los eventos de la historia personal pueden ser interpretados como *obstáculos* insalvables, lo que hace que la persona no despliegue una *actitud* (predisposición al acto) o una *intención* (tensión física y mental encaminada hacia algo), sino más bien un "dejar pasar", el no enfrentamiento y la evitación.

Si la persona se instala en un estado de pasividad crónica, los problemas y conflictos parecieran acumularse "sobre sus hombros", de manera que, con el tiempo, la sensación de "sobrepeso emocional" le dificultaría la *iniciativa de intención*, en la creencia de que la acción pudiera ser tan penosa que no vale la pena intentarla. Esta es la condición de la auténtica disforia, como un desánimo permanente, sensación de falta de energía, de "pilas bajas", fatiga física y emocional.

Seguramente a todos nos ha pasado alguna vez el tener la firme decisión de organizar y desahogar nuestro archivo personal o de trabajo; entonces vamos sacando los expedientes y los colocamos en nuestra mesa, todo con gran entusiasmo y ligereza; pero cuando terminamos esta primera operación nos sentamos a mirar la montaña de papeles que requieren nuestra cuidadosa atención y nos entra una sensación de pesadez, aburrimiento o cansancio, que nos hace concebir la idea de sacar a pasear al perro en vez de comenzar de inmediato una tarea que se ha vuelto ingrata porque son demasiados "pendientes" los que se han acumulado. Este cansancio momentáneo, producido por la simple observación de la "carga de trabajo" que nos hemos echado a cuestas, aunada a la conducta de evitación, es el símil de un estado depresivo, pues funciona como una metáfora de la cantidad de asuntos pendientes que se han acumulado en nosotros, configurando una carga tan pesada y molesta que nos sentimos desanimados. Si realmente nos decidimos a sacar al perro, éste, que es muy sensible, notará ese aire de melancólica frustración que reflejará nuestro cuerpo, y en especial nuestra mirada, durante todo el paseo.

Por supuesto, en muchos casos, la fatiga crónica se origina en el organismo y no es derivada de la actitud, en cuyo caso habría que identificar las disfunciones orgánicas que propician el "decaimiento" o la falta de energía.

Sin embargo, habría que reconsiderar el término "energía", pues actualmente se habla de ello como una especie de efluvio que procede de fuentes ajenas a la voluntad y el ánimo, como si fueran externas a la persona, ya sea por haber comido bien, haber tomado vitaminas, haber descansado, etcétera; incluso se hace referencia a misteriosas fuentes de energía cósmica que hacen que se nos "carguen las pilas" automáticamente. En esta perspectiva hablaríamos más bien de "energía potencial"; es decir, existe la posibilidad de que la persona utilice su *potencial energético*, pero no se genera el entusiasmo para hacerlo, por lo que, más que de "falta de energía", deberíamos entender el desánimo como un *desorden de la voluntad* y asociar la depresión con la *falta de iniciativa*.

Siguiendo con la metáfora de la pila de expedientes sin desahogar, podríamos pensar que hay en ello una situación propicia para generar un estado de ánimo depresivo, sin embargo la persona pudiera tomar una actitud resolutoria del problema y "dar el paso" hacia adelante, tomando alguno de los expedientes y comenzando a trabajar en ello, lo que es en sí mismo un *acto enérgico*, considerando que la energía propiamente dicha es "una fuerza o un esfuerzo" (del griego *energo*). La energía, como algo meramente potencial, es casi un absurdo en términos humanos, *si no hay una ejecución activa, la energía no tiene un valor existencial sino*

meramente biológico, es como si la persona, en vez de ponerse a trabajar en los expedientes, se tomara unas vitaminas o adoptara posturas de yoga; seguramente tal cosa no resolvería la situación, e incluso la agravaría, en caso de que la decisión de actuar no se produjera, pues, además de la evidencia de la carga de trabajo (disforia) se tendría la sensación de incapacidad, inadecuación, pusilanimidad o cobardía. El efecto puede ser *la culpa* y la *pérdida de la propia estima*, lo que también es característico de un estado de ánimo depresivo. Si la situación permanece y los expedientes siguen acumulándose la situación podría dar lugar a un cuadro depresivo reconocible, con lo que podríamos construir una mejor definición:

La depresión se caracteriza por una disminución de la energía, generalmente acompañada de melancolía, sentimientos de culpa, autorreproches y pérdida de autoestima. Se trata de un fenómeno tanto físico como psicológico. A nivel físico produce un descenso de la actividad, gran propensión a la fatiga y tras-

tornos orgánicos evidentes. Desde el punto de vista mental se observa una serie de anomalías de atención, memoria e ideación. En un plano emocional se presenta un aumento de la sensibilidad tendiente a la tristeza, la desesperanza y la amargura.

En un enfoque médico psiquiátrico se han definido dos grandes tipos de trastornos depresivos, uno que llaman "endógeno" (de *endos*: dentro, y *genós*: que se genera o produce), pues se piensa que el origen del estado depresivo es interno, tal vez genético, es decir, propio de la estructura orgánica, y sobre todo de la condición bioquímica que ha heredado la persona y que se puede presentar como un problema en alguna etapa de su vida, igual que la propensión a ciertas enfermedades.

El segundo tipo es la depresión "exógena", llamada así porque, al parecer, se produce por eventos externos, por lo que también se le llama "reactiva", pues se presenta como una *reacción* ante uno o varios hechos que impactan seriamente a la persona, lesionando la estructura de su personalidad, *especialmente en el campo de la afectividad*.

Esta distinción no deja de ser gramaticalmente vulnerable, pues en realidad todo estado de ánimo se produce y desarrolla "dentro" de la persona; sin embargo, es perfectamente válido y clínicamente correcto el identificar el origen del estado depresivo que sufre una persona en particular, pues, aunque los síntomas y efectos parezcan los mismos en la sensibilidad del paciente y a la vista de los demás, la raíz del padecimiento es distinta y la configuración psicológica del problema también lo es, por lo que, al partir de este primer diagnóstico diferencial, la estrategia para el tratamiento puede ser definida con mayor eficacia

Una depresión *endógena* es básicamente orgánica (física, somática, química), aunque tiene efectos psicológicos, sociales y existenciales. Una depresión *exógena* o *reactiva* es básicamente psicológica, aunque tiene efectos físicos, sociales y existenciales.

103

La depresión endógena se caracteriza por
un desequilibrio químico, aunque un cuadro similar puede presentarse en la reactiva, sin embargo, la gran diferencia es que en el primer
caso la persona está triste porque su cuerpo está deprimido, y en el segundo caso su cuerpo
está triste porque la persona está deprimida.

Este juego de palabras nos permite reconocer y distinguir las dos áreas del ser humano: la
biológica, por un lado, y la psicológica, social,
existencial, por otro, cuando hablamos de "la
persona", nos referimos a un ser que tiene una
doble condición, a pesar de ser unitario, pero
no podemos dejar de poner el énfasis en la parte psicológica al hablar de un fenómeno que
se identifica más con la mente (psique) *que con el
cuerpo* (soma), aunque debemos considerar que
la depresión es siempre un fenómeno *psicosomático.*

En el caso de un desorden de tipo endógeno, la persona reacciona específicamente a los
medicamentos antidepresivos, lo que indica

una mayor incidencia de lo físico o "somático", y en el caso de la depresión exógena la reacción frente a los fármacos no es específica, pues *existe una situación afectiva o existencial* (psicológica) *que debe ser superada* para que la persona recupere su equilibrio emocional.

Al parecer, el común denominador de todo estado depresivo es el metabolismo bioquímico, relacionando la salud anímica a la correcta producción y distribución de las "endorfinas", término que se utiliza para designar ciertas sustancias que funcionan como "calmantes naturales" y que, en un principio, fueron equiparadas a la morfina (de *Morfeo*, el dios del sueño entre los griegos), por lo que serían drogas que se producen internamente (*endo-morfinas*) para ponernos en el "humor" de descansar y disfrutar de la vida. Actualmente se han logrado identificar otra clase de sustancias que funcionan como transmisores de impulsos entre las células nerviosas o *neuronas*, por lo que se les conoce como "neurotransmisores" y se les llama "catecolaminas"; éstas son la *dopamina*, la *noradrenalina,* la *adrenalina*, y la que se considera más directamente relacionada con la depresión, que es la *serotonina*.

Un ejemplo claro de una depresión exógena o reactiva es el "duelo", término que se utiliza para referirse al periodo de tristeza que se produce después de la muerte de un ser querido, incluyendo una mascota; aunque actualmente se extiende a la secuela de cualquier pérdida importante, como el rompimiento con la pareja o la pérdida del trabajo o la casa. En principio, el duelo no es una forma de depresión, propiamente dicha, pues no se trata de un proceso patológico, sino de una reacción normal y psicológicamente sana ante un hecho traumático. De cualquier manera, estas situaciones pueden llegar a configurar una auténtica patología si se asocian con tendencias depresivas preexistentes, o bien por la incapacidad de la persona para superar su duelo, mismo que se extiende de manera anómala en el tiempo o se agrava de manera significativa. Cuando una persona se manifiesta incapacitada para retomar su vida normal después de un periodo de condolencia que se ha determinado como de dos meses, y manifiesta sensaciones de confusión mental, inutilidad, lentitud, cansancio extremo, abatimiento anímico general o ideación suicida, ya no se podría hablar de duelo, sino de auténtica depresión.

Un ejemplo caro de depresión endógena es la que se experimenta como elemento activo en el proceso bipolar, que es lo que veremos a continuación.

La depresión en la bipolaridad

La mayoría de las personas que tienen un trastorno bipolar han sufrido episodios de depresión, además de episodios de manía. Existen muchos tipos de depresión, pero la que tienen los bipolares es la llamada "depresión mayor". El calificativo de "mayor" no pretende implicar que la depresión en cuestión sea terrible, y que se presente en su modalidad más grave, se le utiliza solamente para diferenciarla de otras formas de abatimiento o melancolía que a veces se llaman "depresión menor", y que no necesariamente son de índole patológica. En el campo de la psicología clínica se acostumbra llamar *depresión bipolar* a la que se manifiesta en una persona que padece este trastorno, y *depresión unipolar* a la que se manifiesta sin su contrapartida de manía o hipomanía. De cualquier manera, se trata de una depresión mayor en ambos casos.

Utilizando el manual de diagnóstico DSM-IV para identificar correctamente un episodio de depresión mayor señala que *se deben presentar por lo menos cinco de los síntomas que señalaremos adelante, destacando que estos síntomas han estado presentes en el mismo periodo por lo menos durante dos semanas, y que uno de esos síntomas debe ser el referido a un estado de ánimo deprimido o la pérdida del interés o del placer.* La identificación del estado depresivo como un "episodio", implica que éste *haya irrumpido como un estado de ánimo distinto del que normalmente manifiesta el sujeto.*

Dentro de este criterio general hay varios elementos que es necesario señalar:

⇨ Los cinco síntomas deben estar presentes al mismo tiempo, pues tomados por separado pudieran presentarse por diferentes causas, no necesariamente asociadas a una depresión mayor.

⇨ El haber permanecido por lo menos durante dos semanas simultáneamente hace que se les considere significativos clínicamente; esta persistencia reduce el error de diagnóstico de depresión, cuando podría tratarse de una reacción ante situaciones estresantes, un cambio de ánimo como efecto de trastornos hormonales, o un síntoma secundario de una enfermedad física.

⇨ Los síntomas deben diferir claramente de lo que suele ser habitual en el sujeto, o ser marcadamente distinto de otros estados de ánimo que suele experimentar, lo que es fundamental para determinar la condición de la bipolaridad.

⇨ Hay que poner énfasis en la sintomatología asociada con la pérdida de interés, apatía o disminución significativa del sentido del placer. Esto se indica porque la depresión se vive principalmente como un cambio de emoción y deseo. Si la persona presenta cinco o más de los otros síntomas, pero no éste, lo más probable es que esté afectada por problemas de otra índole, como problemas hormonales, afecciones de la tiroides, una diabetes mal controlada o una infección viral.

⇨ Los síntomas de depresión deben interferir significativamente con las actividades normales de la persona o bien requerir hospitalización.

⇨ No se trata de una reacción de duelo.

⇨ Los síntomas no se deben a una reacción orgánica, abuso de sustancias o fármacos.

Al igual que sucede con cualquier otra afección psiquiátrica, es importante no confundir la
depresión mayor con los síntomas provocados
por algún otro proceso biológico, como pudiera ser una enfermedad orgánica, un tratamiento farmacológico de la misma o bien el uso de
drogas.

Las afecciones médicas que pueden producir síntomas parecidos a los de la depresión incluyen enfermedades neurológicas tales como
el mal de Parkinson, derrames cerebrales, defi-
ciencias vitamínicas, o problemas endocrinos a
consecuencia del hipotiroidismo, menopausia
o andropausia; además de procesos cancero-
sos o infecciones tales como hepatitis o mono-
nucleosis.

Las sustancias que pueden generar síntomas depresivos son el alcohol, las anfetaminas,

la cocaína, los alucinógenos, los opiáceos, los sedantes o los inhalantes.

Entre los fármacos se encuentran los antihipertensivos, los anticonceptivos orales, los esteroides anabolizantes, los agentes anticancerígenos, los analgésicos y algunos medicamentos para combatir enfermedades cardiacas.

Los síntomas a considerar son los siguientes:

Estado de ánimo deprimido la mayor parte del día, casi todos los días

La evaluación de un "estado de ánimo deprimido" es un problema clínico importante, pues algunas personas manifiestan este síntoma como tristeza y "ganas de llorar", como si estuvieran cursando el duelo por la muerte de un ser querido. Otras se refieren a este estado como "oscuridad", "vacío", o "soledad"

de índole distinta a las formas de tristeza que hubieran podido experimentar anteriormente. Otros sienten que sus emociones han desaparecido, sintiéndose "planos" o "neutros". No es raro que el estado de ánimo deprimido se mezcle con irritabilidad, agresividad o ansiedad, lo que es más frecuente en los hombres, en los niños y adolescentes. En el caso de las formas más graves de depresión el abatimiento del ánimo no mejora ni siquiera cuando sucede algo particularmente agradable o positivo; la persona sabe y entiende que lo sucedido es bueno, pero eso no modifica su estado, pues no se produce una emoción "de contraste", como pudiera ser la alegría. En estas condiciones no se produce lo que se conoce como un *estado de ánimo reactivo*, que es la suspensión, aunque sea momentánea del abatimiento, sustituido por una reacción positiva, ante un hecho agradable.

Acusada disminución del interés o del
placer en relación con todas, o casi todas
las actividades, la mayor parte del día
y casi todos los días

Muchas personas deprimidas expresan su apatía en términos de "falta de energía", como si no tuvieran "fuerzas" o "ánimo", para hacer nada agradable o interesante. Ante esto se hace difícil saber si se trata de una desmotivación emocional o un cansancio crónico que les dificulta participar en actividades. La pérdida del interés, o del placer, no se limita a los grandes momentos de la vida, y de hecho es más importante que se manifieste en la cotidianidad, como la disforia en el trabajo, la desgana manifiesta en la interacción social, o pérdida de interés en las actividades que antes eran motivadoras. Una persona deprimida no contesta el teléfono si no es estrictamente necesario, prefiere evitar las reuniones, lee menos que lo habitual, disfruta poco o nada con la comida, prefiere no ir al cine y ve la televisión como una estrategia para "no hacer nada". Respecto de esta sintomatología, identificable como "apatía", es importante diferenciar entre la pérdida del interés y del placer, respecto de la pérdida de energía. Cuando se trata de un problema de motivación e interés lo que sucede es que no se genera el *deseo* de participar en actividades, aunque en realidad tengamos la energía para hacerlo.

Pérdida significativa de peso no atribuible a una dieta, o aumento de peso. Pérdida o aumento de apetito que persiste todos los días

Pareciera razonable que la disminución del apetito lleve a la pérdida de peso, y el aumento al ganarlo; pero no siempre es así, pues sucede que las personas, y en especial las deprimidas, comen aunque no tengan ganas, y a veces comen compulsivamente, como una forma de gratificación, especialmente golosinas ricas en calorías o colesterol; sobre todo tienden a consumir aquellos alimentos que les recuerdan su niñez, lo que les da una suerte de consuelo. Otra forma que suele adoptar este síntoma es que se disfruta menos de la comida o se pierde el gusto por cierto tipo de alimentos, lo que descompensa la dieta, aunque la cantidad de comida pudiera ser más o menos la misma. Algunas personas manifiestan un impulso desmedido de comer cuando están deprimidos, y se sorprenden comiendo aunque no tengan hambre.

Comer en exceso obviamente puede provocar un aumento de peso, pero la disminución de actividad que es correlativa a la pérdida de interés o a la disminución de la energía, puede reducir la quema de calorías y derivar en un aumento de peso aunque la ingesta de calorías siga siendo la misma, o incluso menor. En el caso de niños o adolescentes, el no aumento de peso puede considerarse una disminución, pues es de esperarse un aumento de peso debido a su crecimiento.

Insomnio o hipersomnia persistente

Existen tres formas de manifestarse el insomnio. Uno es el llamado *insomnio inicial,* que es cuando tenemos más dificultades de las normales para conciliar el sueño. Un periodo de treinta minutos para caer dormido se considera normal, si es que nos fuimos a la cama a la hora habitual. Esta forma de insomnio es muy desagradable para muchas personas, así que buscan manejarlo retrasando la hora de acostarse, distrayéndose en cualquier cosa hasta que se sienten lo suficientemente cansados y somnolientos como para caer dormidos rápidamente, lo cual es posible que ocurra, pero tiene el problema de que se altera el horario normal del sueño, y posteriormente es difícil recuperarlo.

Otro tipo es el conocido como *insomnio intermedio,* que es lo que sucede cuando nos despertamos durante la noche y tenemos dificultades para volver a dormirnos. En algunos casos graves se producen varios periodos de vigilia durante la noche, lo que produce una deficiencia en el descanso nocturno. El despertarse para ir al baño, beber agua o identificar un ruido extraño no se consideran síntomas de este tipo de insomnio, a no ser que en estos casos se tengan dificultades para volver a conciliar el sueño.

El tercer tipo de insomnio es el llamado *insomnio final* o *despertar precoz*, que es lo que ocurre cuando nos despertamos por la mañana una hora o más antes de lo previsto y no podemos volver a dormirnos. Muchas personas tienen un "reloj interno" tan eficaz que les permite despertar por sí solos a la hora deseada, sin ayuda del despertador; eso no se considera insomnio final; lo sería sólo en caso de que nos despertáramos mucho antes de lo habitual, sin necesidad y sin que exista algún tipo de preocupación que haga de esta situación algo comprensible.

La *hipersomnia* es el problema inverso: dormir más de lo normal. Esto puede significar el ir a la cama a horas más tempranas que las habituales, tomar varias siestas durante el día, o sentirse adormilado a lo largo del día a pesar de haber dormido bastante en la noche. En el caso de la hipersomnia depresiva, ésta es mejor que el insomnio, pues reduce la tensión y el agotamiento nervioso, pero tampoco es saludable de por sí, pues evita que se cumpla con tareas necesarias, con lo que aumenta la cantidad de "pendientes" y la disforia por falta de realización se suma a la depresión.

Agitación psicomotriz, o bien excesiva lentitud, de manera permanente

La agitación psicomotriz es la tendencia a moverse continuamente y, en general, la imposibilidad de permanecer quieto, incluso si se está sentado o acostado. Si la persona está en el trabajo, se levanta de su asiento con más frecuencia de lo que hacía antes; en el cine se desespera y preferiría levantarse de su butaca antes de que termine la película. A pesar de sentirse cansado, el paciente que sufre una "depresión agitada" prefiere estar en movimiento más que en quietud, y cuando hace algo para reducir su hiperactividad aumenta considerablemente su irritación contra sí mismo o los demás, y siente que pierde capacidad de atención, como si el movimiento lo ayudara a concentrarse.

Por el contrario, en el síndrome de lentitud psicomotriz la persona parece que funciona en cámara lenta, no sólo en sus movimientos, sino en sus pensamientos y en el habla. Les lleva mucho más tiempo terminar las tareas habituales, caminan con más lentitud que de costumbre y permanecen sentados, sin hacer nada, durante largo tiempo. La lentitud en el habla puede incluir la dificultad para encontrar las palabras adecuadas para expresar los pensamientos, una verbalización más pausada, apagada y monótona, o tomarse más tiempo para responder a las preguntas, lo que sin duda está relacionado con la "pereza mental". En este síntoma, como en todos los demás, es necesario tener parámetros "de contraste", pues si fuera el caso de que la persona es habitualmente hiperactiva, la lentitud que manifiesta lo acerca más a la noción de normalidad, dando la impresión de que está actuando de una manera más sensata y mesurada que antes, cuando, en su caso es un estado alterado.

Fatiga o pérdida de energía casi todos los días
La pérdida de energía es uno de los primeros síntomas que son percibidos por las personas que entran en depresión. Se cansan más fácilmente de lo habitual y sienten que sus fuerzas no les alcanzan para llevar a cabo las actividades que antes realizaban sin problemas. Incluso durmiendo lo suficiente, la depresión puede hacer que nos sintamos cansados; pero si a ello se agrega el insomnio, la falta de energía es más grave. Como hemos señalado arriba, es necesario discriminar entre la falta de motivación y la falta de energía; es muy diferente desear algo y no tener fuerzas para conseguirlo que no desear, aun teniendo fuerzas. Las personas que realmente tienen este síntoma dicen que qui-

sieran hacer cosas, pero sienten que carecen de energía para hacerlas.

Sentimientos de inutilidad, o bien culpa excesiva o fuera de lugar

Hay personas que tienen poca tolerancia consigo mismas, otras dicen tener una autoestima muy baja, sienten que no alcanzan a realizar cosas a pesar de tener capacidad para lograrlas y se culpan por ello, o bien se ponen metas demasiado ambiciosas, que difícilmente podrían alcanzar. El efecto de esta clase de evaluaciones de sí mismo es la sensación de falta de empuje y el consecuente y reiterado autorreproche, lo que da lugar a un cuadro de personalidad muy lamentable, pero esto no es lo mismo que la íntima convicción de que *se es* una persona inútil o intrínsecamente culpable. Esta clase de evaluación parte de la noción de que uno es inferior o "vale menos" que la gente en general, como si uno estuviera de más en el mundo y careciera de sentido estar vivo. Esto es mucho peor de lo que comúnmente llamamos "baja autoestima", o "exceso de autocrítica", se trata de un íntimo sentimiento de minusvalía radical y de ser indigno de las cosas buenas de la vida, generalmente asociado a la noción de la culpa o el pecado.

Cuando la culpa puede ser justificada de una manera más o menos racional, pertenece al ámbito de la normalidad, pero cuando parte de la noción de "indignidad intrínseca" se convierte en un síntoma neurótico asociado a diversos trastornos, pero en el caso de formar parte de un conjunto de sentimientos cuyo denominador es el abatimiento, es indicador de una depresión. La persona puede asumir culpas por situaciones que no hubieran podido ser controladas por ella, eludiendo la reflexión acerca de sus posibilidades de acción y la posible corresponsabilidad de otras personas. Generalmente la culpa neurótica pone su acento en el remordimiento, magnificando las culpas y extendiéndolas a eventos del pasado remoto y a cosas que ya no se pueden corregir, de manera que el pesar es irremediable, además de insidioso, pues la persona deprimida acostumbra explorar en su memoria para sacar de ahí las imágenes que justifiquen la sensación de culpa y estimulen el pesar-remordimiento, excluyendo el raciocinio y el perdón. Normalmente se muestran comprensivos con los errores de los demás y son capaces de justificarlos y perdonarlos, pero no hacen lo mismo con sus propias faltas, por lo que no pueden aligerar su pesadumbre.

Disminución del ordenamiento mental y dificultad para tomar decisiones

Independientemente de la falta de motivación para realizar actividades, a una persona sumida en la depresión le resulta difícil leer o seguir la trama de una película. En la lectura fácilmente "pierden el hilo" y continúan leyendo de manera automática, sin real comprensión, por lo que constantemente tienen que releer. Esto es el efecto de varias causas: la desorganización mental, la lentitud del pensamiento, la divagación hacia otros temas y la constante aparición de "sentimientos invasivos", relacionados con imágenes que aluden a la tristeza y a la preocupación.

Por supuesto, todo esto incide de manera negativa sobre la capacidad de tomar decisiones, ya que resulta muy difícil ordenar los pensamientos con la finalidad de definir la situación y las diversas alternativas de opción, incluyendo el discernimiento de las ventajas y desventajas de cada una de ellas; si esto es difícil en condiciones normales, en un estado depresivo es prácticamente imposible; sobre todo por el hecho de que el paciente deprimido se asume como indigno de obtener "lo mejor", aunque eso no significa que pudiera optar por "lo peor", sino que el pensamiento negativo y la desesperanza que acompañan a la depresión hacen que todas las alternativas de solución de un problema parezcan poco viables, o bien se

tiene la sensación de que, finalmente, todo con-
ducirá a la desgracia, con lo que la indecisión
se convierte en una "lógica depresiva". Esta
misma lógica pudiera llevar a la estrategia de
"no decidir para no errar", esperando que en
algún momento, se presente, de manera más
bien mágica, la mejor solución, lo que conduce
a la perpetuación de la indecisión.

Siendo en gran parte el efecto de la incapacidad de ordenar los pensamientos, la indecisión se presenta en las cosas más triviales de la
vida, como el qué vestir, qué comer, el hablar
por teléfono o no hacerlo, el elegir las compras
en el supermercado, e infinidad de etcéteras
que constituyen la vida cotidiana y que en condiciones normales se resuelven de manera casi
automática, pero que, en el curso de una depresión se convierten en verdaderos problemas
de decisión. En la mente del deprimido se produce una extraña combinación de intenciones,
pues pareciera que al mismo tiempo "todo es
muy importante", "nada importa", y "todo da

lo mismo". En el fondo, todo deprimido anhela que otra persona tome decisiones por él.

Pensamientos reiterados sobre la muerte, ideas de suicidio sin un plan específico, intentos de suicidio, o planes específicos de suicidio

Cuando la depresión es grave y nada parece mejorarla, el enfermo piensa en la muerte como una alternativa de liberación. Sufre tanto que llega a elaborar la noción de que el dejar de existir es la única manera de dejar de sufrir, lo que genera la llamada "ideación suicida", que es una peligrosa tendencia a fantasear acerca de la muerte como una forma de liberación, generalmente de manera más bien filosófica o poética, pero a veces puede evolucionar hasta convertirse en una "obsesión suicida", en la que se elaboran planes objetivos para quitarse la vida.

Lo más frecuente es que las ideas de suicidio se presenten de manera vaga, sin plan específico y como una especie de "erotización de la muerte" que tiene un fuerte contenido poético, lo que se convierte en una peculiar estrategia de defensa en contra del sufrimiento, pues visualiza un camino para dejar de sufrir que, con todo y su patetismo, puede tener un efecto tranquilizador en el paciente.

Este síntoma puede adquirir formas simbólicas de muerte por "desaparición", como el simple sueño fisiológico, la inconsciencia o la pérdida del sí mismo por medios mágico-religiosos. También se pueden generar deseos de contraer alguna enfermedad que lleve rápidamente a la muerte o sufrir un accidente fatal.

Otra forma de acercamiento a la muerte, que al mismo tiempo conlleva una defensa psicológica en contra de la peligrosidad de la obsesión suicida, es la noción de que no importa si se vive o se muere, pues finalmente la vida no tiene sentido, y tampoco la muerte.

Distimia

Ahora se conoce como *trastorno distímico* a lo que antes se llamaba "neurosis depresiva", y se define como un desorden del estado de ánimo que se parece a una depresión clínica, aunque menos severa, pero más insidiosa, pues resulta persistente y sin muchas variaciones, por lo que se considera crónica. Se trata de un trastorno que genera síntomas menos graves de los que se han visto aquí, aunque ocasionalmente puede derivar en crisis de depresión mayor, lo más probable es que se mantenga toda la vida como una forma de melancolía persistente que acompaña a las experiencias de la vida y que hace pensar que se trata de un tipo de personalidad normal, pero anímicamente sesgado hacia un particular "temperamento", como se hablaba antes de las personas "coléricas", "sanguíneas", "flemáticas", y… melancólicas. No deja de ser extraño el que se considere "normal" el hecho de que una persona manifieste una tendencia permanente hacia un estado de

129

ánimo en particular, que destaca mucho sobre otros, como si el ser "preocupón", "enojón", o "tristón" fuera algo que hubiera que asumir con resignada naturalidad, como si se tratase de un destino marcado por los astros. En realidad, una personalidad equilibrada y sana no tendría un "temperamento" demasiado marcado, sino que viviría sus afectos y emociones en la mezcla, la medida y la intensidad justas ante cada situación, lo que sería una manera lógica, y no patológica, de vivir.

En realidad, la distimia, o "temperamento melancólico", tiene su origen en una falla de los mecanismos de regulación de los estados de ánimo, debido a un mal aprovechamiento de uno de los transmisores cerebrales, la *serotonina*, que es una sustancia que abre y cierra los circuitos del humor. El déficit de serotonina se acompaña de una serie de trastornos que están marcados con el elemento depresivo.

La evolución típica de la distimia es de dos años, y se caracteriza por un abatimiento general del estado de ánimo, en el que la persona se manifiesta "triste" y "desanimados", perdiendo interés en casi todo y llegando a considerarse a sí mismo como inútil o intrascendente, manteniéndose en una tesitura de introversión y cavilaciones interminables acerca del sentido de la vida.

Para diagnosticar la distimia se toma en cuenta lo siguiente:

⇨ La alteración se produce durante al menos un periodo de dos años, con intervalos de dos meses en los que el humor parece equilibrado.

⇨ No hay pruebas de un episodio depresivo mayor durante los dos primeros años de la alteración.

⇨ Nunca ha habido un episodio maníaco o hipomaníaco evidente.

⇨ El trastorno distímico no está superpuesto a uno psicótico, como esquizofrenia o cualquier cuadro de tipo delirante.

⇨ No se identifican causas orgánicas que hayan provocado, o mantenido, la alteración.

Este trastorno normalmente se inicia en la adolescencia y evoluciona a lo largo de varios años, o bien se hace crónico. Si el comienzo es más tardío, suele ser la consecuencia de un episodio depresivo aislado, exposición a factores estresantes o asociado a la muerte de un ser querido u otras pérdidas significativas. Estadísticamente se ha definido que se presenta con el doble de frecuencia en las mujeres, respecto de los hombres. Su tratamiento normalmente incluye medicamentos antidepresivos y terapia psicológica.

Tipología y profundidad
en la bipolaridad

En cuanto al tipo, nos referimos a las diferentes variantes del trastorno, y en cuanto a "profundidad" se alude al grado de alejamiento de la realidad que presentan los pacientes, con relativa independencia del tipo de trastorno que padezcan, lo que no indica propiamente gravedad en la enfermedad, sino pérdida de contacto con la propia conciencia.

Tradicionalmente, respecto de su profundidad, los desórdenes mentales se han dividido en dos tipos: los *neuróticos*, en los que el paciente siente lo que le pasa y no pierde la conciencia de lo que le está pasando (por grave que sea). La persona puede deslindar el trastorno respecto de "sí mismo"; los síntomas "le resuenan como distintos de su yo", por lo que a veces se les llama "egodistónicos".

Por otro lado, los *psicóticos* se alejan de la realidad, pierden conciencia de lo que les pasa, pues los síntomas "les suenan" como partes de su yo ("egosintónicos"), de manera que la persona confunde la realidad con su propia fantasía, creyendo con íntima convicción que lo que imagina es tan real como lo real; por ejemplo: muchas personas tienen un miedo fóbico a las mariposas negras, pues de alguna manera se han asociado con la muerte en nuestra cultura, así que se convierten en "ideas prefabricadas" (símbolos o "arquetipos") que se insertan en la mente-cerebro, creando una pauta de miedo que es completamente irracional, pero que se "dispara" automáticamente ante la presencia del objeto fóbico, o al evocarlo. La persona neurótica sabe que el miedo es irracional, que no es un miedo "suyo", sino agregado a su persona, como una enfermedad. Si una persona tiene la misma fobia, en grado de profundidad psicótica, creerá que la mariposa realmente preludia la muerte, no duda de ello; esta es una creencia psicótica, y el efecto en la mente puede ser devastador.

Actualmente se maneja la idea de personas que se encuentran "en la frontera" (*borderline*), entre la neurosis y la psicosis, hablando de un tipo de personalidad "limítrofe", o de rasgos limítrofes dentro de un trastorno. Esta noción es muy importante tratándose de la evaluación de la bipolaridad, pues las variantes del trastorno tienen mucho que ver con la profundidad que se manifiesta en los síntomas.

Atendiendo a esta distinción entre neurosis y psicosis, se comprenderá perfectamente a qué se refiere eso de los delirios y síntomas psicóticos a los que se alude en los siguientes apartados.

Bipolaridad tipo I
Este es el tipo que podría llamarse "clásico", con alternancias regulares y graves que tienen las siguientes características:

⇨ La fase maníaca es por lo menos incapacitante, o requiere hospitalización a causa de su intensidad.

⇨ En un elevado porcentaje de pacientes aparecen delirios y síntomas psicóticos tanto en la manía como en la depresión, destacándose ideas mesiánicas en la fase "alta", así como un sentido desmedido de culpa y catastrofismo en la "baja".

⇨ Predisposición a padecer alucinaciones sensoriales: ver, escuchar o sentir cosas que no son reales.

⇨ Cuando el paciente recupera la normalidad le parece increíble haber hecho o pensado tales cosas, tanto en la manía como en la depresión, con la peculiaridad de que lo recuerda todo.

Es frecuente que un trastorno de este tipo comience en la juventud. Teniendo como primer evento la depresión en la mayoría de las mujeres, y la manía en los hombres. Generalmente el primer episodio se vive como algo extraordinariamente raro por parte del paciente y su familia, atribuyéndose a infinidad de causas, menos a un trastorno mental, por lo que normalmente no se solicita ayuda psiquiátrica ni hospitalización.

Es común que después de un primer episodio pase mucho tiempo para que se produzca un segundo, lo que apoya la idea de que se trata de algo que no es propiamente una enfermedad, sino una especie de "accidente neurológico, o mental", lo que hace que se postergue la solicitud de ayuda médica, por lo menos hasta que se produce una tercera crisis, ahora en un periodo de tiempo más corto, o incluso hasta que ya se ha cursado por varios episodios graves.

Los pacientes del tipo I son bastante "simétricos" en sus oscilaciones; a una fase maníaca sigue siempre una depresiva, guardando una proporción de intensidad y duración. Es frecuente que pasen de una fase maníaca a una depresiva sin preámbulo, es decir, sin periodo "silente". La euforia difícilmente se produce sin haberse dado previamente la depresión.

Una característica de los pacientes de este tipo es que son muy reacios a la utilización correcta de los medicamentos; los toman a veces y a veces no, bajan la dosis sin acuerdo con el médico, o simplemente abandonan el tratamiento.

Bipolaridad tipo II

El trastorno afectivo bipolar tipo II se caracteriza por la recurrencia de fases depresivas tan intensas como en las del tipo I, pero con fases de euforia moderada, que no son incapacitantes ni requieren hospitalización. Es decir, a un episodio de "depresión mayor", sigue uno de "hipomanía" que tiene una duración de entre uno y tres días, siendo a veces tan benigna que pudiera pasar inadvertida para el paciente, aunque no así para sus familiares, que atestiguan cambios en el comportamiento habitual del paciente. Los estados hipomaníacos se producen en ambos tipos de bipolaridad, pero la diferencia es que en el tipo II no se produce la manía propiamente dicha, lo que hace que este paciente sea visto como "básicamente depresivo" y muchas veces diagnosticado como tal, desconsiderando la oscilación patológica hacia el área de la euforia, lo que tipifica un estado bipolar; por esa razón se habla de una "depresión bipolar", a pesar de que la sintomatología es idéntica a la de la depresión en sí misma. Esta distinción es muy importante, pues si a un paciente de este tipo se le prescriben solamente medicamentos para paliar su depresión, y no aquéllos que regulan el estado de ánimo, es posible que se acentúen los periodos hipomaníacos, o se conviertan en verdaderas manías, con lo que el "rebote" hacia la depresión también se acentúa, por lo que se ha tipificado como una característica del tipo II el llamado "ciclado rápido", lo que pudiera ser simplemente el efecto de un tratamiento inadecuado a base de antidepresivos.

Se podría decir que el TAB II es menos grave que el I, por lo menos en lo referente a la recurrencia e intensidad de la fase maníaca y al hecho de que es menos frecuente que se presenten síntomas psicóticos; pero los estudios demuestran que los pacientes del tipo II tienen más recaídas que los del I, además de que pasan más tiempo en la fase depresiva, por lo que de ninguna manera podría calificársele de una bipolaridad "atenuada", sino de diferente índole.

En términos generales, una persona con este tipo de bipolaridad presenta características como las siguientes:

⇨ Ocasionalmente entra en un estado de profundo abatimiento, sin causa que lo justifique.

⇨ Por temporadas se muestra cansado y con sueño excesivo.

⇨ Entra en periodos en los que su apetito aumenta excesivamente, mostrándose insaciable.

⇨ Ocasionalmente se muestra inquieto, tenso o demasiado excitable, sin causa.

⇨ Normalmente es inconstante en sus humores y afectos.

⇨ A veces se muestra muy cuidadoso en su atuendo y otras por completo descuidado.

⇨ Su vida es, en general, voluble y accidentada.

Bipolaridad tipo III

Algunos autores consideran que existe un tercer tipo de bipolaridad, que es aquélla en la que se podría englobar a pacientes con características especiales, como las siguientes:

⇨ Las fases hipomaníacas sólo aparecen como consecuencia del empleo de antidepresivos.

⇨ El estado depresivo es recurrente, pero no se identifica con claridad una fase hipomaníaca; aunque la personalidad del sujeto presenta rasgos de gran tendencia hedonista, humor exaltado, excesivo optimismo, capacidades de elocuencia y dotes de liderazgo.

⇨ Aparentemente no se distingue una oscilación significativa del estado de ánimo; pero si existen antecedentes familiares de bipolaridad, se le considera bipolar, por lo menos potencialmente.

Bipolaridad de ciclado rápido

Se aplica el término a aquellos pacientes bipolares que presentan cuatro o más episodios de recaída al año. La recurrencia de esta variante del trastorno es de entre un 15 y un 20 por ciento de los bipolares diagnosticados. Esta situación se presenta más en el caso del trastorno del tipo II que en el I y es mucho más frecuente en mujeres que en hombres.

Se considera que las causas del ciclado rápido son las siguientes:

⇨ Factores hormonales; principalmente el hipotiroidismo; algunas veces inducido por el litio, que se utiliza para aligerar síntomas maníacos, y otras por anomalías naturales de la tiroides.

⇨ Uso de antidepresivos tricíclicos, utilizados para aliviar la depresión.

⇨ Lesiones cerebrales.

⇨ Uso de fármacos no psiquiátricos, como los corticoides.

⇨ Consumo de alcohol o drogas.

⇨ La propia evolución de la enfermedad, cuando no es tratada adecuadamente.

⇨ El abandono de los medicamentos.

Afortunadamente, esta complicación del trastorno es perfectamente reversible, se trata de encontrar la medicación adecuada y la correcta dosificación para cada caso en particular.

Ciclotimia

El término "ciclotimia" indica, simplemente, "humores cíclicos", aunque de naturaleza anormal por lo que se considera una patología que de hecho es una forma de bipolaridad, aunque no se alcanzan los "extremos" de los estados de ánimo antagónicos, sino que se presenta como cambios sutiles que llevan al sujeto a hipomanías leves o depresiones moderadas.

El trastorno ciclotímico se diagnostica cuando se alternan periodos hipomaníacos con lapsos de síntomas depresivos, que no alcanzan a cumplir los criterios de episodio depresivo mayor. El ciclado es rápido y no deja muchos espacios para periodos de "eutimia", o "animo regular"; el paciente está arriba y abajo con tanta frecuencia que se le llega a considerar simplemente como "voluble" o de carácter inestable.

Los cambios del estado de ánimo son irregulares y abruptos, pero como las oscilaciones no alcanzan extremos preocupantes, la familia, y el paciente mismo no perciben los inicios y términos de las fases, además de que los cambios de humor no guardan relación con acontecimientos vitales; esto hace que las personas que padecen este trastorno no acudan al psiquiatra. El sujeto podría pensar que las personas que lo rodean son "poco sensibles" o inconscientes de la importancia de las cosas que pasan en la realidad, y los demás lo tomarían como un ser "difícil", inestable, imprevisible, pero no como un enfermo mental.

Por lo general, este trastorno aparece al inicio de la edad adulta, principalmente en mujeres de entre 16 a 24 años, y sigue un curso crónico, aunque ocasionalmente se producen periodos de estabilidad afectiva y emocional que pudieran durar semanas o meses. Los familiares de personas que padecen un trastorno bipolar de cualquier tipo son propensos a desarrollar esta enfermedad.

Algunos aspectos relevantes de la ciclotimia son los siguientes:

⇨ Puede persistir durante toda la edad adulta, tener periodos de recesión, o bien desaparecer del todo; aunque también puede evolucionar hacia estados más graves de trastornos del estado de ánimo; se dice que un 30% de los ciclotímicos derivan hacia un trastorno bipolar del tipo II.

⇨ Sucede que muchos pacientes bipolares, de los tipos I y II, simultáneamente son ciclotímicos (sin que se confundan con los de ciclado rápido), lo que significa que a pesar de sus episodios maníacos (o hipomaníacos) y depresivos, en los periodos entre las crisis presentan oscilaciones leves del estado de ánimo que inciden en su carácter.

⇨ Los pacientes con ciclotimia suelen caer en depresión mayor durante la adolescencia y la primera edad adulta.

La ciclotimia pasa por ser un "tipo de personalidad", caracterizado por una manera de vivir caótica en términos afectivos y con graves dificultades para dirigir la propia conducta, pero al no reconocerse cono un trastorno que requiere tratamiento, es frecuente que quienes sufren esta afección se aficionen al alcohol, a las drogas, o a otras formas de adicción, como el juego, las compras, el comer compulsivamente; o terminan aislándose socialmente, debido a que les es difícil manejar las propias emociones y sus relaciones suelen ser fallidas y frustrantes. Al sentirse "inadecuados", muchos acuden a terapias psicológicas o de medicina alternativa, además de que son ávidos consumidores de libros "de superación" o esotéricos. Desgraciadamente, se habla poco de este trastorno, y las personas que lo manifiestan no están conscientes de que el origen de su peculiar carácter es una disfunción química de su organismo, misma que puede ser tratada a nivel médico, además del psicológico, con lo que se obtienen resultados muy alentadores.

Trastorno esquizoafectivo bipolar

Esta enfermedad forma parte del grupo de los trastornos que llaman "esquizoides" (de *skizo*: "dividir"), cuyo principal exponente es la esquizofrenia, caracterizada por una escisión del yo, o "dualidad" de la mente. En este caso la división, y su consecuente división en "dos aspectos" de la experiencia vital se encuentra centrada en los afectos, manifestándose como una polarización de los estados de ánimo, las emociones y los sentimientos, de ahí que se le considere estrechamente emparentado con el trastorno bipolar, aunque también lo está con la esquizofrenia. Se caracteriza por lo siguiente:

⇨ Antes de entrar en manía o en depresión, el paciente ya manifiesta ideas delirantes y alucinaciones.

⇨ Los delirios toman formas particularmente complejas y "emocionantes",
como el descubrimiento de que todo lo
que sucede en la economía y la política
es el efecto de la labor secreta de la secta
de los "Iluminati", o que su ángel de la
guardia se ha puesto de acuerdo con el
diablo para robarle su alma.

Los pacientes esquizoafectivos no res-
ponden adecuadamente a los medicamentos
reguladores del estado de ánimo, porque su
tendencia psicótica es dominante; es necesario
que su tratamiento incluya medicamentos an-
tipsicóticos o neurolépticos.

Este trastorno tiene mejor pronóstico de alivio que la esquizofrenia, pero peor que el trastorno bipolar puro.

Alexitimia y bipolaridad

Alexitimia es un término clínico relativamente
nuevo por el que se designa un trastorno que

149

siempre ha existido pero que, al no haberse elaborado el concepto y la tipificación de sus características, se le confundía con trastornos similares. Se trata de una especie de "dislexia" de los afectos. El término se forma con las palabras griegas *a* [privativa], *lexis*: "palabra" y *thymos*:"afecto"; por lo que, literalmente, es el hecho de "no tener palabras para nombrar afectos", lo que, en la psicología, se propone como una patología específica, lo que no tiene nada que ver con aquellas personas que reprimen la expresión de sus emociones y sentimientos por pudor, recelo o costumbre.

Cuando se habla de "no tener palabras para expresar los afectos" quiere decir precisamente eso: carecer de palabras, de formas mentales que hagan identificable un sentimiento para el propio sujeto, y por tanto expresable. Resulta más o menos falso el que una persona tenga una idea pero no tenga palabras para expresarla, si no tiene la idea elaborada en un lenguaje interno (palabras, símbolos, matemática, geometría) en realidad no tiene una idea, sino solamente una "impresión". Si tiene una idea y no quiere "decirla", eso ya es otra cosa.

Las emociones primarias son básicamente impresiones; cuando se les da una forma de expresión interna se convierten en sentimientos, que son complejos mentales en los que se fusionan emociones e ideas para crear una síntesis significativa (y expresable); por ejemplo, la idea de que otro disfruta un bien que uno desea, asociado a la ira, puede generar el sentimiento llamado "envidia", que es una "síntesis afectiva", así como las ideas asociadas crean síntesis intelectuales que llamamos "conceptos". Los sentimientos son a la afectividad lo que los conceptos a la racionalidad.

Los rasgos esenciales de la persona alexitímica son los siguientes:

⇨ Pensamiento simbólico reducido o ausente: es una persona excesivamente práctica, utilitaria y perfeccionista, centrando su atención en los detalles de su

entorno; todo referido a los acontecimientos externos, sin que el sujeto ex-
prese sentimientos, tensiones, deseos o
motivaciones personales.

⇨ Limitada capacidad para fantasear: inhibición de la fantasía como realizadora de
deseos, lo que le impide la representa-
ción de sus impulsos, o la simbolización
de las tensiones como un paso previo a
la actuación.

⇨ Dificultad para expresar sus propios sentimientos con palabras. Estas personas
tienen muy poco contacto con su realidad psíquica, se encuentran limitadas
para diferenciar estados emocionales, así
como también para localizar sensaciones
y experiencias corporales. Generalmente
expresan sus demandas en términos físicos, manifestándose incapacitados para
verbalizar.

Algunos rasgos "visibles" de la persona alexitímica son los siguientes:

⇨ Alto grado de conformismo social. Se trata de una "seudonormalidad", pues su comportamiento es muy rígido y dependiente de los convencionalismos sociales. Su existencia transcurre de manera mecánica. Se dice que son personas "sobreadaptadas".

⇨ Relaciones personales estereotipadas: su capacidad de empatía se encuentra trastornada. Generalmente tienen relaciones más "emotivas" que propiamente afectivas, por lo que fácilmente caen en relaciones de dependencia, o en el aislamiento.

⇨ Impulsividad como expresión de conflictos: pueden llegar a la expresión emocional descontrolada, por su tendencia a expresar conflictos sin elaborarlos previamente.

⇨ Expresiones de inmadurez: reacciones emocionales que parecen de un niño en una persona adulta.

⇨ Resistencia a la psicoterapia tradicional, por su incapacidad para relacionar sus trastornos fisiológicos con sus conflictos y como consecuencia de su incapacidad para simbolizar, es difícil que puedan realizar una introspección necesaria para concretar cualquier tipo de psicoterapia que pretenda descubrir los mecanismos profundos de sus problemas.

Como su vida interior es muy pobre, a consecuencia de su limitada imaginación, los alexitímicos sueñan poco o nada, además de que el contenido de sus sueños es simple y realista. Se dice que no pueden relacionar imágenes con sentimientos, así que un alexitímico no puede "reexperimentar" felicidad al recordar un evento que lo hizo feliz en el pasado; la imagen se le presenta en la mente como un "dato frío".

Es interesante señalar que la alexitimia se ha puesto al descubierto en el proceso de la investigación acerca de la psicosomática. Este síndrome está asociado a la somatización de conflictos. Lo que de ninguna manera apoya la tesis de que los sentimientos "no expresados" o los "sentimientos negativos" enfermen a las personas. Esta idea parte de la confusión entre "expresión" y "verbalización"; la expresión es dar salida a una impresión ("in", de afuera hacia adentro; "ex", de adentro hacia afuera), y la verbalización es la utilización de palabras convencionalmente aceptadas, pero que no necesariamente tienen su referente en un sentimiento real; la diferencia se entiende perfectamente en el clásico reproche: "constantemente *dices* que me amas, pero tus actos *expresan* que no es así". En las relaciones sociales constantemente decimos lo que no sentimos, pero normalmente estamos conscientes de que lo hacemos como fórmulas de cortesía y no como expresiones reales de afecto. Las personas con características alexitímicas solamente experimentan emociones en sus estados más elementales, y al parecer por eso enferman, pues la emocionalidad en el ser humano, a pesar de ser biológica, tiene connotaciones afectivas complejas, y cuando la persona tiene dificultades para "mentalizar" esas emociones, convirtiéndolas en sentimientos, éstas tienden a convertirse en síntomas somáticos o alteraciones psíquicas, que es una manera desviada de expresarse.

En los trastornos del estado de ánimo, y la bipolaridad no es la excepción, es común que se presente la "somatización", que es una manera de "dar salida" a emociones latentes que no han encontrado la vía de la mentalización. Actualmente se reconoce la existencia de estas "formas sustitutivas" de la expresión de afectos en la bipolaridad, en la sintomatología de uno de los polos (al parecer principalmente la depresión) de la oscilación anímica se expresa de manera "enmascarada", es decir, por medio de síntomas orgánicos más que psíquicos.

Los periodos de silencio

Se llama periodo "silente" al tiempo que pasa entre una crisis y otra, ya se trate de la manía a la depresión, o viceversa. En la mayoría de los casos, se trata de tiempos largos en la vida del paciente en el que éste se maneja en forma normal, desarrollando su trabajo y sus relaciones sociales de la manera tan buena o tan mala como le es habitual, sin morbilidades, como si el trastorno estuviera "en suspenso". Sin embargo, por lo menos en una cuarta parte de los bipolares, el periodo de intercrisis no es tan silencioso, pues se le presentan síntomas que pueden considerarse asociados a su problema principal, y que pueden tomar la forma de trastornos psíquicos, enfermedades somáticas, anomalías de la personalidad, alteraciones del funcionamiento psicosocial y modificaciones de las capacidades creativas.

Los desórdenes o trastornos *afectivos* que pudieran presentarse en los periodos silentes pueden considerarse secuelas residuales de las crisis bipolares, por lo que son parte del problema y no una adición, pero no así las alteraciones psicológicas de tipo *no afectivo*, de las que pudieran presentarse, en mayor o menor grado:

- ○ Ansiedad generalizada.
- ○ Agorafobia (miedo a los espacios abiertos o al "atrapamiento").
- ○ Otras fobias.
- ○ Trastornos del sueño.
- ○ Trastornos de la alimentación.

Independientemente de las alteraciones propiamente dichas que pudieran presentarse como anomalías en los periodos silentes, hay que decir que ciertos rasgos de personalidad que forman parte de la normalidad del paciente, representan tendencias que dan un sentido particular no sólo a su vida en general, sino a su trastorno, influyendo en la manera como éste se manifiesta, como si fueran el "tema central" sobre el que giran las ideas y sentimientos, mismos que se magnifican de manera muy estridente en los periodos de crisis. Estos patrones de personalidad son los siguientes:

⇨ *Patrón obsesivo de la personalidad*: Caracterizado por ideas fijas; temor al caos y consecuente búsqueda del orden; obcecación; tendencia a realizar rituales y maneras estereotipadas. Se asocia al Trastorno obsesivo-compulsivo y al síndrome anacástico (obsesión por el orden y la limpieza).

⇨ *Patrón de evitación*: Inhibición social; sentimientos de inadecuación; tendencia al aislamiento; temor al ridículo; evitación de actividades nuevas; excesiva rigidez en la conducta. Se asocia con el Trastorno por evitación.

⇨ *Patrón dependiente*: Excesivo apego a otras personas; ansiedad por separación;

159

intolerancia a la soledad; tendencia a las adicciones en general (no solamente de sustancias); sensaciones de inferioridad y desamparo. Se asocia con el trastorno límite de la personalidad, también conocido como "borderline".

⇨ *Patrón histriónico*: Tendencia al protagonismo social; actitud seductora; búsqueda constante de la aceptación y el prestigio; necesidad de ser el centro de atención; expresión exagerada de emociones. Se asocia con el Trastorno histriónico de la personalidad y con el Trastorno antisocial.

⇨ *Patrón histérico*: Preocupación por las enfermedades; demasiada vigilancia del propio cuerpo; tendencia a actuar irreflexivamente; creación de síntomas ficticios o alteraciones somáticas reales, por lo que este patrón está relacionado con las enfermedades psicosomáticas en general, y en el sentido psiquiátrico con los trastornos llamados "somatomorfos", como el Trastorno por somatización y el Trastorno por conversión.

⇨ *Patrón alexitímico*: Incapacidad para identificar las propias emociones y sentimientos, y por lo mismo darles una expresión verbal. Se identifica con los trastornos de desarrollo, como el autismo, la dislexia o la agrafia, y también con los trastornos somatomorfos.

⇨ *Disociativo*: Sensación de pérdida de identidad por "separación" de sí mismo; sensaciones de experiencia dual, como si uno sea el que piensa y otro el que actúa; pérdida de la memoria de ciertos acontecimientos o "fugas" mentales; actitud sumamente retraída, ensimismada. Se asocia con la esquizofrenia y con el Trastorno de personalidad múltiple.

⇨ *Paranoico*: Cambios bruscos y radicales de conducta; sensación de ser observado, perseguido o controlado por otras personas o entidades; tendencia a interpretar los hechos desde ángulos excéntricos; elaboración de "teorías de la conspiración"; carácter irritable, intolerante. Este patrón se asocia principalmente con la esquizofrenia.

⇨ Fóbico: Miedo irracional ante objetos o situaciones específicos; tendencia a la ansiedad; tendencia a la evitación de situaciones estresantes y conductas de huida. Existen infinidad de objetos o situaciones que producen fobia en las personas, pero cabría destacar la "deimofobia", que es el miedo al miedo mismo, con lo que la fobia se convierte en un patrón de ansiedad generalizada que puede derivar en crisis de angustia, ataques de pánico o agorafobia.

La ayuda psicoterapéutica resulta muy importante para los bipolares en los periodos silentes, pues se reduce el riesgo de desarrollar alteraciones como las señaladas y facilita el descubrimiento de los síntomas que pudieran significar un aumento en la predisposición de sufrir una nueva crisis, además de que pudiera influir en la depuración de la "normalidad" del paciente, conduciéndolo a realizar mejoras en todos los ámbitos de su vida.

Los caminos de la recuperación

Por lo que se sabe hasta la fecha respecto de la bipolaridad, es éste un trastorno de índole más somática que psíquica, por lo que se reconoce y maneja como una enfermedad física que, siendo de origen neurológico, afecta significativamente los procesos mentales, por lo que se le incluye en la especialidad de la psiquiatría y su tratamiento es básicamente farmacológico. Hay que decir que sin un programa de medicación adecuado las probabilidades de recuperación de un paciente bipolar son prácticamente nulas.

Esta situación representa un primer problema a resolver ante un diagnóstico de bipolaridad, o la simple sospecha de que uno mismo, o una persona cercana, presenta características que hacen pensar en la bipolaridad, pues el reconocer que se tiene una enfermedad que pertenece al campo de la psiquiatría es algo que tiene matices de tragedia, en principio porque es común que se asocie la mente con el "ser", de manera que la persona que padece una enfermedad mental puede ser visto como "irresponsable de sus actos", pues la responsabilidad se deduce de un funcionamiento mental supuestamente correcto, y si la mente está alterada la persona no es "dueña de sí misma". En esta perspectiva, y desde el ángulo de una idiosincrasia popular todavía vigente, la persona no *tiene* un trastorno, sino que *está* trastornada, lo que parece ser simplemente una variante semántica de lo mismo, pero es muy significativa.

He aquí una primera cuestión que resolver para enfrentar correctamente el trastorno y darle un cauce terapéutico adecuado; aunque se trata de algo casi filosófico, es de capital importancia reconocer que el bipolar no es un trastornado mental, sino que tiene una enfermedad que se inmiscuye en su mente; esta afección es de origen externo a su personalidad y no lo exime de las responsabilidades intelectuales, éticas, jurídicas y afectivas que se le adjudican a cualquier persona normal. El paciente bipolar no tiene derecho de escudarse en el trastorno para justificar sus errores o negligencias en los diferentes ámbitos de la vida social. Ciertamente, una crisis puede considerarse un factor atenuante de la culpabilidad, como se maneja en la jurisprudencia, pero no es una disculpa. Decía Viktor Frankl que si se le quita la culpa a una persona se le quita también la dignidad, y esto es perfectamente válido para un enfermo bipolar, que no está loco, por lo que es responsable de asumir dignamente su trastorno y darle una salida.

Sería irresponsable no buscar información acerca de lo que le pasa; sería irresponsable no acudir a una evaluación psiquiátrica; sería igualmente irresponsable no utilizar de la manera indicada los medicamentos que se le prescriban, pues, por lo menos hasta ahora, ése es el

167

único medio de controlar los efectos pernicio-sos del trastorno.

El abordaje de este primer camino de recu-peración conlleva la adopción de una actitud de gran trascendencia, pues significa el haber aceptado la enfermedad con objetividad, y eso es un dato que revela la puesta en marcha de un proceso liberador que parte de la sensación de ser víctima o esclavo de la enfermedad, mis-ma que, en virtud de la aceptación, lleva a la sensación de dominio de la misma, caracteriza-da por una actitud asertiva y proactiva, lo que es en sí mismo un proceso terapéutico, pues se trata de un modelo mental que tiende a con-vertirse en un estilo de vida sano, lo que incide positivamente en la vida cotidiana del pacien-te, llevándolo a una condición de normalidad relajada y productiva.

Muchas personas tienen una idea bastan-te anacrónica de lo que son los medicamentos psiquiátricos, y los consideran como simples tranquilizantes o drogas que "amensan" a los pacientes. No dejan de escucharse todavía comentarios de amigos, de cuestionable buena fe, que opinan que es conveniente evitar al psiquiatra, pues "solamente te empastillan, pero no te curan", pretendiendo que con "fuerza de voluntad" todo se logra, y que los síntomas "están en la mente", con lo que quieren decir que en realidad son imaginarios.

La verdad es que en los últimos veinte años la investigación acerca de los procesos químicos y neurológicos que dan lugar a la bipolaridad ha avanzado grandemente, por lo que en la actualidad se cuenta con un conjunto de medicamentos que regulan las variaciones espontáneas del ánimo y que no son aletargantes ni depresores del sistema nervioso; vale decir que equivalen a la insulina para los diabéticos o los fármacos que regulan la presión arterial, lo que es algo en verdad significativo para la estabilidad del bipolar, además de que se cuenta también con una gama de medicamentos para combatir eficazmente los síntomas de la manía y la depresión.

Sin embargo, la medicación es un asunto complicado que requiere un proceso de búsqueda del tipo de medicamentos, su combinatoria y dosificación en cada paciente en particular; además de que los medicamentos no dejan de tener efectos secundarios y adictivos que deben trabajarse también en cada caso.

Terapéutica psicológica

Debe señalarse también que pese a que la bipolaridad es una enfermedad fundamentalmente física, está imbricada con los procesos mentales y la manera de vivir del sujeto que la padece, habiendo muchos factores psicológicos y conductuales que matizan la enfermedad y la convierten en un trastorno multifactorial, lo que hace que el camino farmacológico no sea el único a seguir, sino que debe ser complementado con alguna forma de psicoterapia o de consejería existencial, cuyos objetivos básicos serían los siguientes:

⇨ Propiciar la aceptación de la enfermedad.

⇨ Formar los hábitos necesarios para la adaptación y cumplimiento de la medicación.

⇨ Reducir la vulnerabilidad ante las situaciones estresantes.

⇨ Reconocer las señales de recaída y elaborar estrategias de acción en consecuencia.

⇨ Aumentar la tolerancia a la frustración.

⇨ Aumentar la capacidad de controlar las emociones y de mentalizarlas.

⇨ Propiciar estrategias de buen funcionamiento social y afectivo.

⇨ Propiciar la identificación de un sentido y elaboración de proyecto de vida.

Hay que decir que ni la medicación ni la terapia psicológica pueden curar por completo el

trastorno bipolar, pues hasta ahora éste es solamente controlable; pero ambos procesos jun-
tos, además de otras estrategias tendientes a
aumentar la calidad de vida que pueda imple-
mentar el propio paciente, pueden hacer que su
vida transcurra en condiciones de normalidad,
e incluso un poco más allá, como para llevarlo a
condiciones de realización, creatividad y felicidad no tan comunes en la normalidad, pues en
la lucha contra una afección de este tipo suele
suceder que la persona genera cualidades que
no son comunes en personas que transcurren
por la vida sin obstáculos; se trata de una especie de "efecto sinergético", que es lo que sucede cuando varias fuerzas coinciden en un solo
punto y generan una energía mayor a la suma
de todas ellas; y sucede también que las personas que despliegan una serie de esfuerzos para
solucionar un problema, no solamente le dan
salida a ese problema, sino que quedan fortale-
cidos para solucionar otros.

A continuación presentaremos una serie de breves reseñas de los modelos de terapias psicológicas, conductuales y existenciales que actualmente se manejan como complemento de la vía farmacológica en los pacientes bipolares; la elección del tipo de terapia debería quedar en manos del propio paciente, de acuerdo a sus propias características y preferencias.

MODELOS PSICOANALÍTICOS

Basados en la teoría de la acción del subconsciente sobre la vida psíquica de las personas. Desarrollada originalmente por Sigmund Freud, en esta corriente se considera que los síntomas de perturbación en la mente son consecuencia de huellas permanentes que han dejado experiencias pasadas, particularmente en la época de la niñez. Algunas de estas experiencias dejan huellas "traumáticas", es decir, como si fueran "heridas psíquicas" (*trauma*: herida o golpe), mientras que otras vivencias, cuyo contenido pudiera ser lastimosamente contra-

173

dictorio respecto de la idea de sí mismo o los valores morales que se detentan, son "reprimidas", pasando a formar parte del acervo de la parte inconsciente de la mente, donde subsisten y pugnan por salir y expresarse de alguna manera. Los síntomas neuróticos, o psicóticos, son formas de expresión visible de esas huellas psicológicas profundas. La terapia consiste en el análisis del contenido oculto de la mente, con objeto de traer a la conciencia recuerdos guardados en el inconsciente y asumirlos como verdades existenciales, con lo que teóricamente dejarán de expresase de manera "desviada", o patológica.

PSICOEDUCACIÓN

Se trata de guiar al paciente en el proceso de conocer a fondo su enfermedad, haciéndose cargo de ella en todo sentido, de manera que pueda colaborar de modo activo con el médico y comprenda las señales que le envía su cuerpo y su mente como preludio de nuevas crisis. En esta clase de terapias se requiere la plena disposición del paciente y capacidad de comunicación, así como la aceptación del problema como una enfermedad, lo que incluye la modificación de ideas y hábitos en general, con objeto de aumentar la calidad de vida y reducir los riesgos de agravamiento o recaída. La finalidad terapéutica en esta corriente es el logro de la conformidad del paciente con su enfermedad, considerando que, por lo menos hasta ahora, se trata de algo crónico y requiere un tratamiento famacológico de por vida, por lo que no se trata de luchar contra el trastorno o de propiciar su definitiva curación, sino de educar la mente para adoptar los hábitos que permitan a la persona asumir el control consciente de su enfermedad, no como un paciente entregado en manos de los médicos, sino como un agente activo de su propio alivio, con lo que se puede lograr una buena calidad de vida.

TERAPIAS CONGNITIVAS Y CONDUCTUALES

Las terapias de tipo cognitivo se basan en el análisis y depuración de los procesos mentales que utilizamos para conectarnos con la realidad y para interpretarla, como son la imaginación, la memoria, el razonamiento, el análisis, la síntesis, la inducción y la deducción, que son los procesos psicológicos con los que elaboramos ideas y creencias, a las que se llama "cogniciones" (de *cognoscere*: conocer), porque con ellas conocemos las cosas del mundo, o creemos conocerlas. Quienes siguen una terapia cognitiva "pura", trabajan sobre la lógica de las ideas con las que se explican las cosas del mundo y que les funcionan como criterios para actuar en la realidad, en el entendido de que muchas de estas cogniciones pueden ser limitadas, desviadas, erróneas o incluso delirantes. Se trata de identificar y modificar esa clase de "distorsiones cognitivas" que representan errores de criterio, dando lugar a fórmulas de pensamiento desviadas de la objetividad que pueden convertirse en síntomas neuróticos, o psicóticos.

Por su parte, el análisis de la conducta, como proceso terapéutico en sí mismo, busca el origen de los desórdenes mentales en la interacción del individuo con el medio ambiente, ya sea natural o social. En este modelo se parte de la premisa de que es en el ambiente donde se producen los estímulos que dan lugar a la conducta, y el pensamiento es correlativo a esa conducta, por lo que para que una persona cambie en algún aspecto, debe cambiar la manera de interactuar con el ambiente.

La diferencia de enfoques es evidentemente complementaria; sería difícil pensar en una terapia puramente cognitiva, por un lado, y una conductual por otro. Actualmente este modelo se maneja como "cognitivo-conductual" y es la más socorrida por los pacientes bipolares.

PROGRAMACIÓN NEUROLINGÜÍSTICA

Con obvia referencia a la teoría informática y a la cibernética, en esta teoría se asume que las personas tenemos "programas mentales" que determinan nuestra manera de pensar y actuar, pues al "correrse" esos programas de hecho están funcionando pautas preestablecidas y estereotipadas que son como "filtros" para percibir e interpretar los procesos de la realidad. La idea es que las cosas son para nosotros tal como estamos acostumbrados (o hemos sido enseñados) a pensar que son. Como nuestro pensamiento discurre en forma lingüística: por medio de signos que poseen un significado convencional, el sustento de dicha programación es el "significante", que es la palabra misma, pero cada palabra trae a la mente una imagen, que es el "significado", y entre significantes y significados se va construyendo el discurso interno, que es el discurrir de las ideas. Así que, según esto, las ideas están condicionadas programáticamente, como si nos estuviéramos diciendo

internamente cosas que están llenas de significados que no necesariamente nos benefician, y
muchas veces nos perjudican seriamente. Si somos lo que "nos decimos", la manera de cambiar áreas de nuestro ser que están dañadas o
trastornadas es "cambiar el discurso interno",
decirnos cosas cuyo significado coincida con lo
que realmente queremos ser y hacer; es decir,
hay que "reprogramarnos de manera lingüística".

TERAPIA GESTALT

En este enfoque se pone un énfasis especial en
la experiencia viva y actual, con cierta independencia de la secuela que pudieran haber dejado
las experiencias del pasado o las expectativas
del futuro. Es la terapia del "aquí y el ahora",
basada en la promoción de la "conciencia del
momento", el "darse cuenta" (aunque la propuesta en inglés, como *awareness,* es más bien
estar "despierto" o "alerta") de lo que está pasando y al mismo tiempo de la experiencia que

se tiene en consonancia con lo que sucede. La idea es propiciar en la persona un estado de atenta observación respecto de sí mismo, de lo que está percibiendo con sus sentidos y de lo que está pensando y sintiendo, asumiendo que el estar "despierto" ante lo que le pasa significa que el centro de atención ya no se encuentra en la experiencia misma, sino fuera de ella, como si la persona se hubiese distanciado de sí misma, ubicándose como un observador, pero no sólo de los acontecimientos externos, sino también de los internos, es decir, de lo que está pensado y sintiendo respecto de lo que sucede. Esta propuesta es similar a la de la "atención plena" que propone el budismo como una forma de liberar al yo que sufre, por medio de la observación distanciada de su propio sufrimiento. El "distanciamiento" es intrínsecamente terapéutico, pues el sujeto, al salirse de su problema, está en condiciones de tomar decisiones y realizar cambios.

TERAPIAS HUMANÍSTICAS Y EXISTENCIALES

Los más conocidos promotores de esta corriente fueron Carl Rogers y Viktor Frankl, cuyos modelos terapéuticos se centran en "la persona", lo que significa que se trabaja con el "cliente" sobre la base de que es un ser capaz de tomar decisiones, por lo que debe considerarse "persona" y no un "autómata psicofísico", como decía Viktor Frankl, con lo que se asume que, por lo menos potencialmente, él no es un títere movido por los hilos de sus impulsos y creencias, sino que es, o pudiera ser, el titiritero de sí mismo: un ser capaz de asumir la libertad de pensamiento y acción como modelo de vida, para determinar su existencia y no ser determinado por ella.

Especialmente en la Logoterapia, de V. Frankl, se reincorpora el tradicional concepto griego del *nous*, entendiéndolo como parte constitutiva del ser humano, definiéndonos como seres conformados por cuerpo (soma), mente (psique) y nous, que es la conciencia humana propiamente dicha: aquella cualidad que nos permite tomar decisiones con independencia de los impulsos del cuerpo y de las "programaciones" de la mente. Cuando una persona no ha logrado asumirse como persona, su consciencia (con "sc") es estrictamente psíquica, similar a la de los animales, es decir, "reactiva" (estímulo-respuesta); se da cuenta de lo que le pasa, pero no lo entiende ni puede cambiarlo. Cuando se asume como persona, su conciencia (con "c") se convierte en una actividad psíquica y noética (de nous) al mismo tiempo, pudiendo "distanciarse" de lo que le pasa y de sí mismo, para poder decidir "por sí mismo" sus propios rumbos, y el sentido general de su existencia.

Terapias alternativas

En nuestros días existe un gran interés en la terapéutica alternativa, y eso abre el panorama de la salud, pudiéndolo enriquecer de varias maneras: en la prevención de enfermedades, el cultivo de una vida saludable y sobre todo el encuentro con una sensación de armonía o paz interior, lo que pudiera ser muy valioso para prevenir desórdenes afectivos.

Actualmente sucede un curioso fenómeno: antes los médicos y psicólogos se mostraban reacios a aceptar los métodos alternativos, sobre todo los de procedencia oriental, por considerarlos más bien como formas de magia o superstición. Los profesionales de la salud eran rígidos e intolerantes ante tales desviaciones a la "ciencia" occidental. Pero la cultura médica y psicológica ha seguido avanzando, y en los últimos tiempos de una manera tan vertiginosa que no sólo ha asimilado mucho de lo que antes era alternativo, sino que ha cambiado el tono de los profesionales, quienes se han vuelto mucho más humildes y tolerantes; a diferencia de los "sanadores alternativos", quienes actualmente son rígidos e intolerantes con la terapéutica académica. Muchos médicos recomiendan la utilización de alternativas a manera de saludable complemento de su tratamiento; pero muy pocos "alternativos" recomiendan acudir al médico como complemento de lo suyo, sobre todo son enemigos de la cirugía y de los fármacos, por lo que su actitud puede resultar dañina si la persona les concede una gran autoridad.

ACUPUNTURA

Excelente método para propiciar un estado de eutonía (buena tensión) física y mental. Puede ser un complemento muy útil en el tratamiento de cualquier desorden del estado de ánimo.

TAI-CHI-KUAN

Es un ejercicio suave y armónico que también se describe como "meditación en movimiento", misma que favorece la recuperación de la integridad cuerpo-mente, lo que es muy recomendable para personas deprimidas, dado que se tiende a disminuir la sensibilidad corporal y la persona se mentaliza demasiado.

HOMEOPATÍA

Es realmente un tipo de medicina alternativa, cuyos efectos son físicos y probadamente benéficos, sería ideal usarla simultáneamente con la psicoterapia, pero para usarla junto con la medicación psiquiátrica hay que contar con la aprobación del médico.

HERBOLARIA

La milenaria tradición herbolaria puede presentar opciones importantes como un complemento para el tratamiento de los estados emocionales alterados; sin embargo hay que tener cuidado, pues los tés, infusiones y preparados "naturistas" introducen en el organismo sustancias y éstas de ninguna manera son inocuas, pues no tendría sentido que las usáramos si lo fueran. Siempre es preferible que el uso de estos productos sea supervisado por un médico.

FLORES DE BACH

Es un tipo particular de remedio herbolario, desarrollado específicamente para tratar estados mentales y emocionales. Se asegura que los extractos de algunas flores son muy eficaces como apoyo para un tratamiento contra la alteración del ánimo.

AROMATERAPIA

En realidad, es otro tipo de herbolaria, sólo que la vía de administración es la inhalación.

HIDROTERAPIA

Algunas técnicas de medicina naturista o el simple baño cotidiano, utilizando los procedimientos terapéuticos basados en el agua pueden producir un alivio significativo de algunos síntomas maníacos o depresivos.

MASOTERAPIA

Un recurso muy eficaz contra las alteraciones anímicas es la aplicación de masajes terapéuticos, de los cuales existen muchos tipos, y en algunos de ellos se trabaja específicamente sobre las tensiones corporales que se asocian con los estados depresivos o de estrés. Es conveniente investigar sobre los tipos de masaje que se ofrecen y acudir con personas especializadas y profesionales.

* * *

Bibliografía

—American Psychiatric Association. *Diagnostic and Statistical Manual of Mental Disorders* (DSM-IV-TR). 2000.

—André, Christophe. *Los estados de ánimo*. Barcelona, Kairós, 2010.

—De la Fuente, Ramón. *Psicología médica*. México, FCE, 1981.

—Frankl E., Viktor. *El hombre doliente. Fundamentos antropológicos de la psicoterapia*. España, Herder, 1994.

—Goodwin, Frederick. Kay, R. Jamison. *Maniac-Depressive Illness:. Bipolar Disorders and Recurrent Depression*. Nueva York; Oxford University Press, 2007.

—Grecco, Eduardo H. *La bipolaridad como un don*. México, Pax-Continente, 2008.

—Harré, Rom, Lamb, Roger. *Diccionario de psicología y fisiología clínica*. España, Paidós, 1990.

—Ionescu, Serban. *Catorce enfoques de la psicopatología*. México, Fondo de Cultura Económica, 1994.

—Jaspers, Karl. *Genio artístico y locura*. España, El acantilado, 2001.

—López, Ángeles. *Trastorno afectivo bipolar*. España, EDAF, 2006.

—Lozano, J. R. *Trastorno bipolar*. México, Editores de Textos Mexicanos, 2007.

—Malishev, Mijail. *Vivencias afectivas*. México, Plaza y Valdés, 2007.

—Marina, José Antonio, López Penas, Marisa. *Diccionario de los sentimientos*. España, Anagrama, 2007.

—Murray, Edward. *Motivation and Emotion*. EUA, Prentice-Hall, 1964.

—Organización Mundial de la Salud. *International Statistical Classification of Diseases and Related Health Problems*. 2002.

—Paez, Darío. *Cultura y alexitimia*. Argentina, Paidós, 2000.

—Ramírez Basco, Mónica. *Manual práctico del Trastorno bipolar*. España, Desclée de Brower, 2008.

—Reiser, Robert P., Thompson, Larry W. *Trastorno bipolar*. México, Manual Moderno, 2006.

—Sánchez Azuara, Ma. Elena, De Luca, Adriano, et al. *Emociones, estrés y espontaneidad*. México, Ítaca, 2007.

—Sivak, Roberto, Wiater, Adriana. *Alexitimia, la dificultad para verbalizar afectos*. Argentina, Paidós, 2006.

—Solomon, Robert C. *Ética emocional. Una teoría de los sentimientos*. España, Paidós, 2007.

TÍTULOS DE ESTA COLECCIÓN

Impreso en los talleres de
COSEGRAF, S.A. de C.V.
Calle Progreso # 10 col. Centro
Ixtapaluca, Edo. de Mex.